Tina Charcoal Burner

Heiße
Spielchen
im
Swingerclub

- Doppelband -

Herstellung und Verlag
BoD - Books on Demand,
Norderstedt
© 2013

ISBN 978 3 732 255 672

Coverfoto © 2013
TCBurner & Arts, Coburg

Für Celine

Vorwort

Diese Geschichte ist nichts für zartbesaitete Seelchen, ob Mann oder Frau, die auf Blümchensex stehen.
Die Realität sieht anders aus und es fliegen nicht nur „verbal" die Fetzen.

Es werden hier Träume und Fantasien ausgelebt, die für einige Außenstehende als „No go", „Tabu" oder „Perversität" gelten.

Es wurde in diversen Swingerclubs recherchiert und mit Erlaubnis einiger Beteiligten, der eine oder andere Einblick in diese Szenen gewonnen.
Nichts wurde geschönt und genauso wiedergegeben, wie es tatsächlich stattgefunden hat!

Einige Situationen gingen so in die Extreme, dass man nicht wusste, ob man hinsehen oder lieber fluchtartig den Raum verlassen sollte.

Der Einstieg in die Geschichte und der Übergang zu weiteren Verläufen einiger Zwischenszenen, sind von verschiedenen Clubgängern aus deren Privatbereich zum Besten gegeben und mit Erlaubnis in den Roman eingebunden worden.

Sabrina, Josefine und Celine sind Hauptdarstellerinnen in diesem Roman. Es ist exakt so passiert.

Und nun wünsche ich viel Spaß beim Lesen!

Heiße
Spielchen
im
Swingerclub

„Hallo ich! Sag mal Josefine, hättest du mal Lust auf ein kleines bisschen Spaß? Du weißt ja, dass meiner mich seit paar Jahren nicht mehr angefasst, geschweige mit dem Arsch angeguckt hat. Ich hab die Schnauze entgültig voll!"

„Sabrina? Wie bist du denn heute drauf? Gab es Stunk bei euch zuhause? Ist ja in letzter nichts Neues mehr! Mensch, trenn dich doch endlich von ihm! Ist besser für dich und deine Nerven. Der Typ ist es nicht wert! Ja, auf Vergnügen habe ich immer Spaß. An was hast du denn gedacht?"

„An Sex! Swingerclub?"

Am anderen Ende der Leitung herrschte Schweigen.

„Bist du noch da?"

Ich vernahm ein Räuspern.

„Ja, noch da. Wie kommst du denn auf so was? Hört sich gut an. Könnte Frau ja mal ausprobieren."

Ich lachte.

Typisch für Josefine.

„Du brauchst es doch sicher auch einmal wieder! Bist ja seit geraumer Zeit alleine. Juckt es dich nicht?"

„Oh jaaaaa! Gehörig sag ich dir. Ich habe zwar meine Dildos und weiß wo ich ansetzen muss, damit es mir kommt, aber ein kräftiger Pimmel ist doch besser."

„Na, dann sind wir schon zwei. Also, ich hab gestern spät abends einen Bericht im Fernsehprogramm über diverse Sexvorlieben gesehen. Hauptsächlich ging es um Swingerclubs, Eroscenter und Extremvorlieben bei Sadomaso. Letzteres brauche ich nicht, aber einmal in einen Swingerclub reinschnuppern, würde ich gerne. Nur müsste ich mir da ein paar aufreizende Klamotten kaufen. Ist allerdings das kleinere Übel. Das größere ist mein Mann! Kann nur heimlich gehen. Deshalb bist du mein Alibi für solche Aktionen! Hast Bock?"

„Sabrina mit dir endet es einmal schlimm! Klaro hab ich Bock! Wann? Wo? Bin zu jeder Schandtat bereit!"

„Ich hab gleich im Internet gegoogelt und einen Club gefunden. Eineinhalb Stunden Fahrtzeit. Sehr schönes Ambiente. SoloDamen kosten da nichts. SoloHerren und Pärchen zahlen. Du kennst ja den Leitspruch; alles kann, nichts muss. Kondome und Handtücher werden gestellt. Hab die Wirtin kontaktiert per E-Mail und sie zeigt uns dann alles. Ich denke einfach, wenn meiner sich mit der Schlampe von der Arbeit vergnügt, steht mir auch ein bisschen Vergnügen zu."

„So sehe ich das auch. Jahrelang machst du das schon mit. Ich wäre schon längst abgehauen."

„Okay dann verbleiben wir so, dass wir uns einkleiden. Neue Dessous. Etwas aufreizend muss es schon sein. Wir wollen ja ein paar Kerle an Land ziehen. Hast du morgen Zeit? In der Nähe gibt es ein erst kürzlich neu eröffnetes Erotikbekleidungsgeschäft. Können wir uns mal unverbindlich informieren. Liegt etwas abseits."

„Geht klar, ich hole dich morgen gegen neun Uhr ab. Bis dann."

„Danke! Tschüß bis morgen!"

So diese Hürde war genommen.

Eigentlich hatte ich extreme Bedenken, weil ich mit diesen Gedanken meinen Mann betrog. Mein Leitsatz und Ehrenkodex war in den langen Jahren, in denen wir verheiratet waren, immer gewesen, kein Ehebruch. Gebrochen hatte er ihn zuerst. Am schlimmsten war, dass ich es von Fremden, untereinander unabhängigen Personen erfahren musste, mit wem er es so trieb. Als es mir irgendwann einmal reichte und ich ihn zur Rede stellte, erhielt ich folgende Antwort

»Meinst du vielleicht, du bist die Einzige Frau auf der Welt? Außerdem bleibt Loch eben Loch!«

Entsetzt über die Ausdrucksweise und wie er über die Ehe dachte, wurde mir bewusst, dass ich schon lange verspielt hatte.

Mehrere Sitzungen bei der Eheberatung halfen rein gar nichts. Er stritt alles ab, fühlte sich nicht schuldig, betrog mich weiter und ich kam nicht an ihn heran. Irgendwann gab ich auf und wir lebten wie Bruder und Schwester nebenher.

Nach einem neuen Versuch, mit ihm zu sprechen, wie unsere Beziehung weitergehen sollte, blockte er erneut ab.

Mir reichte es jetzt. Wenn er meinte, seine Bedürfnisse woanders stillen zu müssen, stand mir das auch zu. Ich hatte auch noch ein Leben und als Trockenpflaume in diesem Sinne, wollte ich nach meinem Tode absolut nicht zurückgehen. Gleiches Recht für Alle wurde zu meinem Motto.

Ich grinste vor mich hin und irgendwie freute ich mich auf dieses Abenteuer und konnte den nächsten Tag kaum erwarten.

- Mittwoch –

„Ach Peter, bevor ich es vergesse! Josefine holt mich dann ab! Ich fahre nachher mit ihr zu Ikea, sie muss da eine neue Couch besorgen. Brauchst du was?"
„Kann sie nicht ihren Sohn mitnehmen?"
„Nein, kann sie nicht! Er arbeitet und bekommt nicht frei. Außerdem will sie erst einmal gucken, was da alles angeboten wird! Hast du ein Problem damit, dass ich mitfahre? Ich motz bei dir auch nicht herum, wenn du weg gehst! Es reicht! Was frage ich überhaupt!"
Wütend verschwand ich in meinem Zimmer, das ich mir nach und nach selbst hergerichtet hatte. So musste

11

ich ihn nicht dauerhaft ertragen.

Es klingelte.

Josefine!

Fluchtartig verließ ich die Wohnung.

„Auweia! Schon wieder dicke Luft bei euch?", fragte sie mich, während ich zu ihr ins Auto stieg.

„Hör bloß auf! Er nervt nur noch! Gestern machte ich mir noch einen Kopf, ob es auch richtig ist, was ich jetzt vorhabe. Nachdem es wieder eskalierte, ist es mir so etwas von scheißegal! Immer und immer versuche ich Verständnis für ihn aufzubringen! Es geht so nicht mehr! Mittlerweile kümmere ich mich um alles. Komm mir bereits vor wie ein Kerl! Wenn das so weitergeht, wächst mir noch ein Pimmel und ich kann mich dann selbst befriedigen!"

Josefine brach in schallendes Gelächter aus.

„Deine Ansagen sind einfach unbezahlbar!"

Während der Fahrt machten wir uns bereits aus, wann wir das erste Mal dahin fahren wollten.

„Donnerstag! Da sind laut Wirtin jede Menge Singles da. Hauptsächlich Männer! Wollten wir beide doch so haben!", gab ich grinsend von mir.

„Meinst wir finden was für uns? Du weißt, wir sind nicht gerade Models", warf Josefine bedenklich ein.

„Ja klar doch! Meinst alle Männer stehen auf so einen dürren Hungerhaken! Neeeee! Vergiß es! Die meisten wollen paar große Möpse zum Anpacken und das man ihnen mal gehörig und kräftig einen bläst! Jedem nach seinem Gusto! Sehen wir doch dann! Stopp! Hier ist die Einfahrt zum Erotikshop!"

Josefine suchte einen Parkplatz.

Während wir lachend ausstiegen und uns auf den Weg in den Shop machten, kamen uns ein paar Herren der Schöpfung entgegen. Wir wurden von oben bis unten gemustert. Ich konnte es mir nicht verkneifen und ließ einen Spruch los.

„Na Mädels? Alles fit im Schritt? Auch beim shoppen gewesen? Was haben wir denn in der Wundertüte?"

Josefine schnappte entsetzt nach Luft.

„Sabrina! Du bist unmöglich!"

„Wieso denn? Wenn die so blöd gucken! Alles echt bei uns! Wir benötigen keinen Wonderbra!"

Einer der Kerle blieb stehen und wandte sich an mich.

„Ich habe höchstens was in der Hose! Auch eine Art Wundertüte! Ist nicht ganz ohne! Möchtest einen Blick darauf werfen?"

Ich lachte.

„Ja klar! Oder kneifst du jetzt?", fragte ich.

Seine Kumpels brachen in Gelächter aus.

„Nö! Können wir gleich in dem Erotikkino vom Shop testen! Hast Lust?", machte er den Vorschlag.

Alle Blicke richteten sich auf mich.

Ich überlegte kurz.

„Okay! Komm mit!"

„Sabrina!!!!", entsetzte sich meine Freundin erneut.

„Ja was denn, Josefine? Kann ich gleich üben! So ein kostenloses Angebot schlägt man nicht aus!"

Ich machte auf dem Absatz kehrt und eilte die Stufen in den Shop hoch.

Verdammt!

Auf was hatte ich mich eingelassen!

Es gab kein zurück mehr!

Ich geriet ins Schwitzen!

Kurze Zeit später stand der Typ hinter mir und kniff mir in den Po.

„Courage hast du ja! Deine Freundin ist geschockt und steht immer noch draußen. Ich geh schon einmal dort rein und bereite alles vor."

„Ja, mach du mal. Ich komme sofort nach!"
Inzwischen hatte Josefine ihren Schock überwunden und kam herein.

„Sag mal spinnst du? Du kennst den Kerl überhaupt nicht und seine Kumpels schließen gerade Wetten ab, ob du mitgehst oder nicht!"
„Ja, dann haben sie wohl verloren. Ich geh da jetzt rein und zeigs dem Typen. Magst mitkommen?"
„Nein! Ich suche inzwischen ein paar Dessous für uns. Beeil dich! Viel Spaß!"
„Habe ich sicherlich! Erzähl dir dann, wie es lief!"
„Das es läuft, da bin ich mir bei dir sicher! Da schau! Seine Freunde kommen auch wieder zurück!"
Ich drehte mich in deren Richtung und winkte.
„Bis gleich Jungs!"
Mit diesen Worten verschwand ich im Kino.
„Hier bin ich! Kabine eins! Ich heiße übrigens Kai."
Ich musste erneut lachen.
„Aha Kai! Ich hoffe dir fehlt kein Ei!"
Erst stutzte er und fing dann an lauthals zu lachen.
„Sag mal? Hast du immer solche lockeren Sprüche auf Lager? Der Hammer!"
„Ich hoffe den hast du dann!"
„Okay ich gebe auf! Du bist so schlagfertig, dass man gegen dich verbal nicht ankommt. Deinen Worten zu entnehmen, hast du so etwas noch nicht gemacht."
„Willst du reden oder dir einen runterholen lassen!", fragte ich nach und schaute ihn an.
„Letzteres!"
„Na dann los!"
Kai machte es sich auf dem Sitz bequem und öffnete seine Hose.
Frech sprang mir sein Glied entgegen.
Ich lachte und machte es mir neben ihm gemütlich.

„Bist ja bereits auf standby! Mein lieber Jolly! Schönes Prachtstück hast du da! Darf ich den mal anfassen?"
Er grinste in meine Richtung.
„Nicht nur anfassen! Wenn du möchtest darfst du mit ihm auch spielen!"
Ich nickte und umfasste sein pralles Teil ganz sanft.
Kai stöhnte, als ich ihn langsam bearbeitete, griff nach meinem Kopf und zog ihn an seinen.
„Geiles Biest! Wenn du Lust hat, kannst du mir einen blasen."
„Handbetrieb reicht vorerst. Entspanne dich."
Während ich Kai sacht massierte, stöhnte er mit den Darstellern des Pornos auf der Leinwand bereits um die Wette.
„Hör auf! Es kommt mir sonst!", säuselte er leise.
„War doch Sinn der Sache!", gab ich zurück.
„Verdammt! Hör mit deinen dummen Sprüchen auf! Am liebsten würde ich es dir Hier und Jetzt, heftig und hemmungslos besorgen! Kannst du ihn in den Mund nehmen und mir so Linderung verschaffen?"
Bevor ich etwas erwidern konnte, drückte er meinen Kopf bereits in seinen Schoß.
Ich fing an daran zu saugen und zu lecken. Kai feuerte mich an, verkrallte sich in meinen Haaren und bevor er sich vollständig in meinen Mund ergießen konnte, zog ich diesen zurück. Sein Sperma tropfte über meine Hand. Sein Glied zuckte ein paar Mal und erschlaffte.
„Oh mein Gott! Kannst du auch so gut ficken, wie du bläst? Wäre einen Versuch wert!"
„Ich denke du hast für heute genug! Die Wette, die deine Jungs abgeschlossen haben, ist gewonnen und ich gehe als Siegerin daraus hervor! Wünsche euch viel Spaß! Tschüß!"
Ich stand auf verließ das Kino und eilte in die Toilette

um meine Hände zu säubern.

„So warte doch!", hörte ich Kai hinter mir herrufen.

Raus! Nur raus hier!

Als ich zurückkam, waren die Mannsbilder nirgendwo zu sehen. Ich atmete erleichtert auf und schaute mich suchend nach Josefine um.

Diese stand über alle vier Backen frech grinsend bei den Dessous und wedelte mit zweihundert Euro.

„Was ist das denn?", wollte ich wissen.

„Schönen Gruß! Sie haben alle zusammengelegt und wünschen uns viel Spaß beim Einkauf! Scheinst wohl einen guten Blowjob geleistet zu haben."

Ich lachte.

„Siehst, so schnell spart Frau Geld ein!"

„Du bist unverbesserlich Sabrina!", erwiderte Josefine.

Wir suchten uns beide einige raffinierte Teile aus. Der Inhaber des Shops bediente uns zuvorkommend und versuchte, während wir uns in der Kabine umzogen, immer einen kurzen Blick von uns zu erhaschen.

„Sind die Damen zufrieden?"

„Nicht besonders! Die Sachen sind wieder für Magere geschneidert worden. Haben sie vielleicht etwas in der Größe, die wir benötigen?"

„Müsste ich in den Keller und ins Lager gucken", gab er von sich.

„Na dann mal los, mein Guter!"

Wir nannten unsere Größen, er verschwand und kam kurz darauf mit einigen Schachteln zurück.

„Bitteschön meine Damen! Probieren Sie in Ruhe!"

Ich fand einige Teile, die sehr sexy aussahen, während Josefine, die eine stärkere Figur besaß, nur sehr wenig Auswahl hatte.

„Ach Mensch! Immer der gleiche Mist! Meine Titten sind einfach zu üppig!"

„Maul nicht rum! Sieht supi aus! Nimm es mit!"
Lachend zogen wir uns an und brachten unsere geilen
Errungenschaften zur Kasse.
„Gute Wahl! Sehr geschmackvoll ausgesucht! Kommt
ihr jetzt öfters?"
Und schon waren wir beim Du.
Ich grinste.
„Wenn du bis nächste Woche ein paar heiße Sachen in
unserer Konfektionsgröße besorgen kannst, dann ja!"
Er versprach es.
Wir zahlten.
Als Gratiszugabe erhielten wir Gleitmittel und ein paar
Kondome.
Zufrieden verließen wir den Shop.
„Bingo! War doch gerade ein guter Deal! Auf, auf zur
Stärkung!"
Josefine lachte und so suchten wir uns das nächstbeste
Kaffee.
Schnell war ein Schlachtplan für die Woche erstellt. Es
blieb bei Donnerstag und dann wollten wir sehen, was
auf uns zukam.
Beschwingt fuhren wir nachhause.
Peter war bereits auf Arbeit und damit er die Dessous
nicht zu Gesicht bekam, wusch ich sie schnell durch.
Die Heizung übernahm den Rest und trocknende sie
in Nullkommanichts. Anschließend verschwand sie in
der hintersten Ecke meines Kleiderschrankes.
Geschafft!

- Donnerstag –

Josefine würde mich um neun Uhr abholen!
Peter war schon unterwegs.
Schnell aus dem Bett, duschen, Zähne putzen und die

Haare fönen.

Sollte ich mir Make-up auflegen?

Ja!

Für den heutigen Tag ein Muss!

Aufgeregt lief ich von einem Zimmer ins andere.

Sollte ich gehen oder doch nicht.

Irgendwie war mir schlecht.

Zweifel machten sich in mir breit.

Vor laute Aufregung bekam ich nur eine Tasse Kaffee hinunter.

Es klingelte an der Haustüre und ich öffnete.

Josefine!

„Na! Bist fit?"

„Komm erst einmal rein! Ich habe gerade Zweifel, ob es richtig ist, was ich da vorhabe. Im Hinterkopf spukt immer Peter herum. Wenn ich mir jedoch erneut vor Augen halte, was er schon bestiegen hat, ist es mir so etwas von Latte. Zwiespalt eben. Ach komm! Egal! Wir gehen! Ich muss ja nichts machen, wenn ich nicht will. Bei dir ist es egal, du bist solo."

Ich packte meine Sachen zusammen und dann fuhren wir los.

Die Fahrt bis zu unserem Ziel zog sich wie Gummi und führte über einige Käffer der Gegend.

Ohne Navi wären wir verloren gewesen und sicher in der Pampa gelandet.

Endlich sah ich das Waldhotel und Josefine parkte auf dem gegenüberliegenden Platz.

Wir stiegen aus.

„Josi, mir ist schlecht! Ich glaub ich fahr wieder heim!"

„Sabrina, nerv mich jetzt nicht! Ich habe den weiten Weg nicht zurückgelegt um nun zu kneifen! Los jetzt! Immer die große Klappe und dann vor Angst in die Hose machen!"

„Okay, du hast ja wieder Recht! Gucken ist noch nicht fremdgehen!"

Schnell huschten wir über die Landstraße.

Wir wurden bereits erwartet.

Aus dem Fenster guckten hungrige Männeraugen.

Ach du Scheiße, war mein erster Gedanke.

Ich drückte auf den Klingelknopf, denn die Tür war abgeschlossen.

Einwandfrei!

So konnte nicht ungehindert jedermann hereinstiefeln. Die Wirtin öffnete und begrüßte uns freundlich. Sie zeigte, wo wir unsere Garderobe ablegen und unsere Wertgegenstände einschließen konnten. Handys im Bereich des Clubs waren grundsätzlich verboten.

Schnell waren wir umgezogen und ich hatte ein klein wenig Schamgefühl, mich so knapp bekleidet vor allen zu präsentieren. Jetzt musste ich eben durch. Josefine war da viel lockerer.

Anschließend wurden wir durch die Räume geführt, die sich über drei Etagen erstreckten.

Im Erdgeschoß befand sich die kleine Gaststube für alle Swingerfreunde. Daneben ein Kaminzimmer, ein Speiseraum, die Sauna und der verspiegelte Whirlpool. Im ersten Stockwerk das SM-Zimmer mit der einzigen Tür im Hause zum Verschließen. Rote Lampe an, hieß für die übrigen Gäste, dass sie nicht eintreten durften. Gegenüber das Pharaonenzimmer und einsehbar. Mir wurde ganz wirr. Jeder der hier vorbeikam, konnte den Swingern, die hier zu Gange waren, beim Verkehr in vollem Umfange zusehen. Die meisten Räume waren so ausgerichtet, dass mehrere auf den Betten ihrem Vergnügen nachgehen konnten. Mir war jetzt schon klar, dass ich mich, falls einer der Kerle mit mir nach oben wollte, nur in dem SM-Zimmer aufhalten würde.

Es folgten noch ein Voyeurzimmer und ein Raum in dem sich ein gynäkologischer Stuhl und eine Schaukel befanden. Den Rest bekam ich gar nicht mehr mit, so geschockt war ich im Moment. Erleichtert war ich erst, als wir in den Gastraum gebeten wurden. Es saßen bereits zwei Pärchen und zwei Solomänner dort. Freundlich wurden wir begrüßt und auch begafft. Ich wurde unruhig und grüßte zurück.

„Hallo, wir sind das Frischfleisch!", gab ich von mir.

Josefine knuffte mich in den Rücken.

Im gleichen Moment lachten alle los und das Eis war gebrochen. Erleichtert atmete ich auf. Diese Hürde war auch genommen. Wir bestellten unsere Getränke und schon waren wir mitten in den Gesprächen der Gäste involviert.

Nach und nach wollte ich wissen, wie, wo und was sich so abspielte und war in kürzester Zeit auch in alles eingeweiht.

„Mensch! Stell nicht immer diese peinlichen Fragen!", flüsterte mir Josefine ins Ohr.

„Hallo? Wieso nicht? Du bekommst deinen Mund ja wieder einmal nicht auf!", gab ich bissig zurück.

„Oh! Neue Gäste", verkündete in diesem Moment die Wirtin und eilte zur Tür.

Alle guckten aus dem Fenster.

Auch ich.

„Verdammte Scheiße! Den Typ kenne ich doch!", gab ich erschrocken von mir.

Josefine lachte.

„Äh, echt jetzt! Da fährt man schon ins hinterste Kaff um keine aus dem Ort zu treffen, wo man wohnt und ausgerechnet taucht da so ein Honk von da auf! Was mach ich denn jetzt?"

Ich wurde unruhig und bekam voll die Panik.

Was, wenn er meinen Mann kannte!

Egal!

Es war bereits zu spät, denn der Kerl stand im Raum, ließ einen Blick über die Runde schweifen und grüßte. Ich schluckte nervös, als er mich kurz anstarrte.

Kein Erkennen!

Tat er nur so?

Sekunden später war er zum Umkleiden nach draußen verschwunden.

„Keine Angst! Hier herrscht Diskretion! Das ist »will auch mal«", sprach mich Olga an.

Sie hatte uns beiden inzwischen das Du angeboten.

„Der was?", fragte ich verdutzt nach.

„Will auch mal! Einige Gäste haben ein Pseudonym für sich gewählt, wegen unserem Gästebuch und den Anmeldungen am Wochenende. Es gibt Freitag und Samstag warmes und kaltes Büfett für alle Gäste. So kann ich entsprechend einkaufen und jede Dame weiß genau, welcher Favorit da ist!"

„Tolle Idee!", gab ich lachend von mir.

„Ja! Und »will auch mal«, ist ein fleißiger Saunagänger", bekam ich die Information.

Inzwischen verschwanden beide Paare nach oben.

Josefine rutschte unruhig auf ihrem Stuhl herum und ich warf ihr einen fragenden Blick zu.

„Saunagängerin bin ich auch", gab sie von sich.

„Du bist was? Wusste ich ja gar nicht! Na, dann geh halt! Ich vertrag das leider nicht!"

„Bist aber nicht sauer? Oder?"

„Nein! Geh!", gab ich wissend zurück.

Josefine ließ sich das nicht zweimal sagen und war in einem Tempo verschwunden, das ich von ihr so nicht kannte.

Ich musste lachen.

Der Typ schien ihr zu gefallen.

Ob das erwidert wurde, war mehr als fraglich.

Die beiden Solo-Männer, die verblieben waren, stellten sich nun mit ihren Vornamen vor und kurz darauf war ich in ein anregendes Gespräch verwickelt. Es war äußerst interessant und aufschlussreich und ich konnte mir ein Grinsen nicht verkneifen. Vor mir saßen ein paar typische Fremdgänger. Zuhause hatten sie ihre schlanken Ehefrauen sitzen, die aber mehr auf sich, als auf guten Sex bedacht waren.

Gunther hatte es satt, dass ihm seine Gattin nur noch täglich Hasenfraß vorsetzte und er kein Stück Fleisch mehr auf den Teller und ins Bett bekam. Sie war ein knochiges, unattraktives Weibsbild geworden.

Tom hatte auch so ein Gerippe zuhause und eigentlich stand er mehr auf kräftige Frauen.

Das Einzige was mir gerade durch den Kopf schoss, war, ich bin wieder ein Seelsorger.

Zwischenzeitlich waren beide Paare zurück und auch unser Saunagänger gesellte sich dazu.

Josefine blieb bis auf weiteres abwesend.

Gesprächsstoff hatten wir genug und ich fragte alle so mehr oder weniger aus, was sie in einen Swingerclub dieser Art verschlagen hatte. Information bekam ich reichlich.

„Und du? Warum bist du hier?", fragte man mich.

„Ich habe einen Mann zuhause sitzen, der genau das möchte, wie es Gunter und Tom in ihren vier Wänden haben! Leider bin ich, trotz Abmagerungskuren dicker geworden und ihn stört das wohl. Er holt sich alles woanders und ich kenne diese Weiber auch noch!", gab ich von mir.

Stille herrschte vor.

„Was? Du kennst diese Frauen noch? Ist das nicht

entwürdigend?", fragte mich Susi.

„Mehr als das!"

„Also ich könnte das nicht! Ich bin mit meinem Mann hier um unser Sexualleben etwas aufzufrischen! Tabu für jeden von uns ist es allerdings, mit einem Solo egal ob Mann oder Frau etwas anzufangen! So haben wir frischen Wind in die Ehe gebracht und unseren Spaß!"

„Na, da braucht ihr vor mir keine Angst zu haben! Ich habe mir geschworen, mich nie zwischen ein Pärchen zu drängen! Heute geht eh noch nichts! Ich bin nur da um zu sehen, wie das abläuft! Das nächste Mal mehr, denn hier gefällt es mir!"

„Hut ab!", gab ihr Mann von sich.

Josefine kam zurück und zog ein Gesicht.

„Wo warst du denn solange?", fragte ich nach.

„Sauna! Büfett!", kam es patzig zurück.

Ups!

Ich schielte in Richtung von »will auch mal«, der sich als Bernd geoutet hatte.

Josefine hatte sich wahrscheinlich zu viel erhofft, als sie in der Sauna neben ihm saß.

Er hatte meinen Blick bemerkt, grinste und zwinkerte mir zu, was mir wiederum einen extrem giftigen Blick von Josefine einbrachte.

Na super!

Für den Rest des Nachmittags herrschte zwischen ihr und mir Stillschweigen.

Verzweifelt versuchte ich sie in diese Gesprächsrunde mit einzubinden und auch die anderen Gäste waren um sie bemüht.

Langsam verbreitete sich eine miese Stimmung.

Mir reichte es!

„Josefine gehst du immer zum Lachen in den Keller? Jetzt sag mal was!", warf ich ihr von der Seite zu.

„Es reicht doch wenn du genug laberst!"", kam es mehr als barsch zurück.

Rumms!

Okay, wenn sie nicht wollte!

Ich konzentrierte mich wieder auf die anderen Gäste.

Unser Saunagänger war inzwischen gegangen.

Spätschicht!

Josefines Gesicht wurde noch länger!

Keiner achtete mehr auf sie und so saß sie schmollend weiterhin neben mir.

„Ich würde dann gerne heimfahren!"", gab sie nach ein paar Minuten von sich.

Ich nickte.

„Okay, ich trinke nur noch aus!""

Olga blickte aus dem Fenster.

„Da kommt ein neuer Gast! Männlich! Mädels ihr seid ja direkt Glücksbringer!""

Neben mir kam Bewegung in Josefine.

Ach da schau her, dachte ich mir. Madam braucht nur einen der es ihr so richtig besorgt. Hoffentlich war das der Richtige.

Olga ließ ihn herein.

Tom stand auf und verabschiedete sich.

„Tut mir leid! Auch Spätschicht!""

„Tschööö! Viel Spaß noch auf der Arbeit"", flachste ich in seine Richtung.

Er streifte ganz zufällig meinen Rücken beim Gehen und ich verspürte sein steifes Glied.

„Das nächste Mal"", flüsterte er mir zu.

„Hä?"", fragend schaute ich ihn an.

Dann machte es Klick bei mir.

Ich hatte einen Sologänger erobert.

Mir wurde anders. Ob es ein nächstes Mal gab, wusste ich jetzt noch nicht. Da Josi angesäuert war, lag es an

ihr. Sie besaß das Auto und war der Fahrer.
Ich schielte in ihre Richtung. Hatte sie etwas bemerkt?
Wohl nicht, denn sie fraß mit ihren Augen den Neuen
auf, der gerade hereinkam. Ihr Blick glitt von unten
nach oben und zurück. Dann verharrte dieser auf einer
bestimmten Stelle und ich sah ein kurzes Aufleuchten
in ihren Augen. Aha, daher wehte der Wind!
Na warte!
„Josefine! Wir können jetzt gehen wenn du möchtest!
Ich habe ausgetrunken!"
Ihr Blick war äußerst tödlich und ich musste mir ein
Lachen verbeißen.
„Ich hab es mir anders überlegt! Ist es dir Recht!"
„Muss ja! Du bist der Fahrer!", antwortete ich.
Dann passierte genau das, was ich gerne vermieden
hätte. Der Neue setzte sich, nachdem er alle begrüßt
und in die Runde geschaut hatte, genau neben mich.
Idiot!
Verdammter Idiot!
Neben meiner Freundin war doch auch ein Platz frei!
Nullchecker!
Boah, der war eh nicht mein Geschmack!
Ich seiner schon!
„Na? Woher seid ihr denn? Habe euch hier noch nie
gesehen! Frischfleisch! Kommt ihr öfters?"
Jede Menge blöde Fragen!
Arschloch!
Ich blickte zu Josefine, die erneut wie versteinert und
mit verkniffenem Gesicht neben mir saß.
Na toll! Hatten wir gerade erst!
Ich blickte in die Runde, die wiederum uns anblickte.
Showdown!
Ich versuchte zu retten was zu retten war.
„Wir sind vom Planeten Erde! Ja, wenn du uns hier

25

noch nicht gesehen hast, waren wir auch noch nie hier! Ob wir öfters kommen, liegt an den Kerlen! Na und mit dem Frischfleisch hapert es auch etwas! Eher gut abgehangen", gab ich gereizt von mir.

Alle lachten.

Josefine nicht.

Hoffentlich hatte ich ihn mit meinen blöden Ansagen in die Flucht geschlagen.

Denkste!

„Das neben dir? Ist das eine Freundin?"

Ich nickte und stupste Josi leicht mit meinem Fuß an.

Endlich regte sie sich und blickte in seine Richtung.

„Josi und wie heißt du?", fragte sie.

„Gernot! Habt ihr beide Lust mit mir nach oben zu gehen?", kam es wie aus der Pistole geschossen.

Dabei guckte er mich an.

Igitt!

Flotter Dreier!

Boah!

„Ich nicht! Sicher hat Josefine Lust!", gab ich von mir, zeigte in ihre Richtung und trat erneut auf ihren Fuß.

„Klar!", warf sie ein und stand auf.

Och!

Der arme Gernot blickte mich traurig an.

„Du nicht? Warum?", hakte er nach.

„Ich bin zum Ersten Mal hier und guck erst einmal, ob ich das möchte! Außerdem stehe ich auf keinen flotten Dreier! Frage beantwortet?"

Er nickte, stand auf und winkte Josi zu.

Kaum waren sie verschwunden, machten sich auch die anderen Pärchen wieder auf den Weg.

Olga lachte und dann waren wir wieder im Gespräch.

„Ist das dein Club oder leitest du den nur?", fragte ich neugierig nach.

„Gepachtet! Nachher kommt mein Chef kurz mit ein paar Geschäftsfreunden vorbei. Seine Frau folgt nach. Lernst du beide kennen. Ich habe den Verdacht, dass bei denen etwas nicht stimmt. Das bleibt aber unter uns, was ich dir jetzt erzähle!"

Ich versprach es und so gab sie mir ein paar spezielle Geschichten preis. Danach war ich entsetzt.

Im gleichen Moment öffnete sich die Tür und lachend kamen die Pärchen zurück.

„Mein Fresse! Ich sag ja immer, dass stille Wasser sehr tief sind! Deine Freundin hat es faustdick hinter den Ohren! Da oben geht zwischen den beiden so die Post ab, dass wir unsere Spielchen unterbrochen haben. Die will ja gleich das Extreme! Gyn-Stuhl und Schaukel! Schreit wie eine Irre beim Sex! Wie lange ist die denn schon nicht mehr bestiegen worden!"

Mir fielen bald die Augen aus den Höhlen.

„Ihr meint jetzt aber nicht Josefine oder wie?", fragte ich blöde nach.

„Oh doch! Eine richtige verkommene Drecksau! Mit Wörtern schmeißt die um sich, heftig! Wir konnten vor Lachen nicht mehr und sind gegangen. Die ist ja offen für alles! Rücklings! Der nimmt sie so richtig her! Dürften aber beide gleich nach unten kommen!"

Oh, mein Gott, wie peinlich!

Und schon ging die Tür auf und eine strahlende Josi, den guten Gernot im Schlepptau trat ein. Sie hing wie eine Klette an seinem Arm.

Anscheinend hatte sie immer noch ein Stück von ihm drin, denn ihr Blick war mehr als verklärt, als sie näher kam.

Zum Glück hatte ich meinen Platz gewechselt und saß jetzt auf der Eckbank am Fenster. So ergab sich eine neue Sitzordnung. Wirtin, beide Pärchen, ich, Gernot und daneben Josefine.

„Olga, ich hätte gerne zwei Glas Sekt!", gab Gernot in Auftrag.

„Natürlich!", gab die Wirtin von sich und verschwand hinter die Theke.

Gespannt blickte ich in die Richtung von Josi.

Na?

Ich dachte sie trank nie, wenn sie fuhr.

Nichts!

Boah, so eine Mistbiene!

Triumphierend blickte sie mich an.

Ich grinste und verkniff mir jeglichen Kommentar. So wie es aussah, wurde sie heute richtig durchgepimmert!

Olga reichte beiden die Gläser.

Josefine stieß mit Gernot an und laberte ihn zu. Mich würdigte sie keines Blickes mehr und ich fragte mich, ob er ihr das restliche Gehirn rausgevögelt hatte.

Wie redselig sie auf einmal war.

Gernot blickte dauerhaft in meine Richtung, verdrehte genervt die Augen und fing tatsächlich an, unter dem Tisch mit mir zu füßeln.

Ich zog meine Beine zurück.

Spinner!

So toll schien die Rammelei zwischen den beiden wohl auch nicht gewesen zu sein.

Ruckzuck war sein Glas leer und er stand auf.

„Leider muss ich jetzt wieder fahren! Habe noch einen weiten Weg vor mir! Bis Dresden!"

„Was? Und dann gehst du hier bumsen?", gab ich von mir.

„Ja, ich muss hier täglich durchfahren und nutze das immer mal mit aus! Geschäftsmann!", kam zurück.

Josefine zog eine Floppe und horchte bei dem Wort Geschäftsmann interessiert auf.

Aha!

Daher wehte der Wind!

„Olga ich soll dir übrigens von Ronan ausrichten, dass er gegen Abend mit seinen neuen Geschäftspartnern kommt. Bitte nicht um neunzehn Uhr zumachen."

„Okay! Wird eine lange Nacht werden! Kommt Celine auch mit?", hakte sie nach.

Ich stutzte bei dem Namen und blickte hoch.

Eine frühere Schulkameradin hieß auch so!

Quatsch! Sicher nur Zufall!

Gernot eilte nach draußen um sich umzuziehen.

Josi hinterher.

Alle grinsten sich wissend an.

Ich fand es peinlich, wie sie sich an seinen Hals warf!

Wir waren im Swingerclub!

Nicht in einer Partnervermittlung!

Schon war sie zurück und winkte wie eine Irre, Gernot aus dem Fenster nach, der sie jedoch ignorierte.

„Ich geh jetzt essen! Das Büfett schreit nach mir!"

„Gerne! Ihr anderen dürft auch, wenn ihr wollt! Hatte ich komplett vergessen!", warf Olga ein.

Josi bekam das gar nicht mehr mit, denn sie war schon auf dem Weg dahin.

„Deine Freundin isst wohl gerne?", kam von Susi.

Ich nickte.

„Ganz gut beieinander. Mein Fall ist sie von der Statur her sicher nicht. Aber egal! Wer hier von den Kerlen gezahlt hat, dem ist es egal bei wem er den Pimmel versenkt. Hauptsache der Druck ist weg. Sie scheint aber gut vögeln zu können, sonst ginge sie nicht weg wie eine warme Semmel. Der gute Gernot stand wohl eher auf dich und wollte lieber mit dir abschieben! Er war sichtlich enttäuscht, weil du ihn abgewiesen hast."

„Mag schon sein, Susi. Nur steh ich nicht auf ihn und

du weißt was ich für Prinzipien habe. Ich bin nur froh, dass sie Erfolg hatte, sonst wäre auf dem Heimweg was los! Gönnen wir ihr den Spaß!", gab ich zurück.

Alle lachten.

Erneut kamen Fahrzeuge.

Olga schoss hoch wie von der Tarantel gebissen.

„Chef kommt mit Sekretärin und Geschäftspartnern! Jetzt wird's lustig!", dabei sah sie mich an.

Ich wusste was sie meinte.

Schon stand besagter Chef mit Anhang im Club und grüßte in die Runde. Wir grüßten zurück.

Der Typ war mir unsympathisch, wie der Rest auch.

Vor allem dieser kleine fette, feiste Kerl mit den fiesen Schweineaugen.

Er erinnerte mich an ein Trüffelschwein!

Gierig blickte er in die Runde!

Pfui!

Eklig!

Abartig!

Ich schüttelte mich und hoffte, dass er nicht auf die Idee kam und mich ansprach.

Das war einer dieser Dreckskerle, die ein Nein nicht akzeptierten und unverschämt wurden.

Kurz darauf war er mit den anderen verschwunden.

Ich wollte jetzt unbedingt nachhause!

Wo war Josefine?

Kaum hatte ich meinen Gedankengang beendet, riss sie die Tür auf und stürmte herein.

„Was sind das für komische Leute? Vor allen Dingen der fette Kerl? Der hat mich doch ohne um Erlaubnis zu fragen betatscht! Erst ging er mir an die Brust und dann griff er mir in den Schritt! Ich geh jetzt heim! Der verwechselt wohl den Swingerclub mit dem Puff", empörte sie sich.

„Entschuldigung, dass sind die Freunde vom Chef! Ich rede dann mit ihm!", versprach Olga recht betreten.

Ich sah ihr an, dass es ihr auch nicht passte.

„Hat Spaß gemacht! Wir kommen morgen wieder."

Eilig rannte ich hinter Josi her.

„Mensch, jetzt warte doch! Hast du denn die Schlüssel für die Fächer?"

Sie schüttelte den Kopf und ich eilte zurück.

Olga händigte sie mir aus.

Ich kam gerade dazu, wie dieser Mistkerl Josi in die Ecke drängte und befummeln wollte.

„Ach hier bist du? Darf ich mal durch? Danke!"

Ich schob den Drecksack beiseite und wedelte mit den Schlüsseln. Josefine atmete erleichtert auf. Im gleichen Moment grapschte mir der feine Herr zwischen die Beine und lachte. Ich wirbelte herum, zog durch und knallte ihm eine, das er in die Ecke flog und mit dem Spiegel Bekanntschaft machte.

„So mein Freundchen! Wage nie mehr, mich ungefragt in dieser Art und Weise zu betatschen, wenn du deine dreckigen Eier nicht verlieren willst!", zischte ich ihm zu.

„Auf so etwas stehe ich aber! Nun zu dir du Schlampe! Merke dir, man sieht sich immer zweimal in diesem Leben!", blaffte er mich an.

„Nur zu! Die Hölle lässt jetzt schon grüßen!", gab ich zur Antwort.

„Ist das eine Drohung!", fragte er.

„Nein! Eher ein Versprechen!", konterte ich zurück, ließ ihn stehen und schnappte mir Josi.

Nachdem wir unsere Klamotten geholt hatten, zogen wir uns auf der Damentoilette um.

„Ey, so eine fette Drecksau! Warte! Nächstes Mal ist er fällig und ich weiß auch schon wie!", versprach ich.

Wir eilten in die Gaststube zurück.

„Olga, lässt du uns bitte raus? Tschüß und man sieht sich!"

Alle winkten und wünschten gute Heimfahrt.

Josefine war nach der Attacke mit diesem Fetti, immer noch außer sich, dass wir uns auf dem Rückweg mehr als einmal verfuhren.

„Jetzt erzähl mal! Wie war es denn mit dem Stecher!"

„Nicht besonders! Ich glaub der ist schwul! Der wollte Arschfick haben! Hab es dann auch gemacht! Mir kam es aber nicht! Jetzt darf ich daheim noch einmal selbst Hand anlegen und es mir mit dem Dildo bis zu einem Orgasmus geben! Wenigstens weiß ich, wo ich bei mir ansetzen muss, bis es mir kommt!", erklärte sie.

„Beschwer dich nicht bei mir! Du weißt, alles kann nichts muss! Kommst morgen wieder mit? Öffnen erst am Abend! Ich denke mir bis dahin eine Ausrede für meinen Ollen aus!"

„Wollte dich gerade fragen! Hole dich gegen achtzehn Uhr ab!"

Wir unterhielten uns noch und dann standen wir vor meiner Haustür.

„Tschüß! Fahr langsam Josi und bis morgen!"

Ich winkte und schon war sie um die nächste Ecke.

Peter schlief bereits.

Zum Glück!

So musste ich nicht in seine Augen sehen.

Ich hatte ein verdammt schlechtes Gewissen.

Just in diesem Moment meldeten sich Engelchen und Teufelchen zu einem Zwiegespräch!

„Für was eigentlich ein schlechtes Gewissen? Es ist ja nichts passiert!", gab Engelchen von sich.

„Noch nicht! Aber sicher bald!", konterte Teufelchen..

„Haltet doch die Klappe! Alle beide!", gab ich meinen

Senf dazu.
Ich duschte und verzog mich ins Bett.

- Freitag –

Josefine riss mich aus meinen Träumen.
Hastig nahm ich den Hörer ab.
„Schläfst du noch?", kam es aus der Leitung.
„Jetzt nicht mehr! Scherzkeks!"
„Heute Abend wie abgemacht? Welche Ausrede hast du parat?"
„Bin bei dir! So einfach!"
Josi lachte.
„Verlogenes Miststück!"
„Mir doch egal! Bis dann!"
Ich blickte auf die Uhr.
Fast Mittag?
Jetzt aber schnell!
Während der Kaffee durchlief und der Toast bräunte, säuberte ich im Schnellgang die Wohnung.
Peter kam gegen Nachmittag von der Arbeit und das Essen fiel heute ausnahmsweise aus. Er konnte sich ja eine Pizza bestellen!
Gesagt, getan!
Mit Vorfreude auf abends, stylte ich mich richtig auf.
Die Reizwäsche stopfte ich in eine große Handtasche, die ich bis zum Abend immer in meiner Nähe hatte.
Zur verabredeten Zeit klingelte es.
„Tschüß Peter! Ich geh jetzt! Weiß aber nicht, wann ich wieder da bin!", rief ich ins Wohnzimmer.
Nuschelnd kam etwas zurück.
Ach leck mich doch!
So ein Idiot!
Typisch für ihn!
Es interessierte ihn einen Dreck, was ich machte! Für

33

was redete ich mir immer ein schlechtes Gewissen ein?
Ich schnappte meinen Schlüssel und eilte nach unten.
Raus!
Befreit setzte ich mich zu Josi ins Auto.
Natürlich musste ich wie schon so oft den Navigator spielen, denn sie merkte sich keinen Weg.
Mit einer halben Stunde Verspätung kamen wir an.
Olga freute sich uns zu sehen.
Die Bude war rappelvoll und kunterbunt gemischt.
Raus aus den Straßenklamotten!
Rein ins sexy Outfit und dann ab die Post!
Die Gaststube war ebenfalls sehr gut besucht und wir lernten neue Swinger kennen. Reges Treiben auf allen Etagen herrschte vor. Ich grinste. Na, wenn da heute nichts ging, dann war man selbst schuld.
Ein Solo-Mann fragte höflich nach, ob der Platz neben mir noch frei wäre und er sich zu mir setzen dürfte.
Ich grinste in mich hinein und nickte. Mulmig war es mir allerdings genauso zumute, wie gestern.
Verdammt!
Ich musste mein Tabu durchbrechen!
Josefine zog schon wieder eine Fresse und giftete mich von der Seite an.
Was war denn jetzt schon wieder los?
Langsam aber sicher, war ich von ihrem eigenartigen Verhalten angepisst!
„Kommst mit?", wurde ich von links angesprochen.
Erschrocken schaute ich hoch.
Hilfe!
Nein, mit dem Typen sicher nicht!
Ich blickte schnell zu Josi, die an dem Kerl neben mir sichtlich interessiert war. Sie fraß ihn regelrecht mit Blicken auf. Ich signalisierte mit meinen Augen, dass sie ihn haben konnte.

Keine Reaktion!

Ganz vorsichtig wählte ich meine Worte um den Heini nicht zu beleidigen.

„Danke ich bin gerade erst hier rein und habe bereits jemanden für heute Abend!", gab ich zurück.

„Na, ein flotter Dreier geht auch!"

„Nicht für mich, darauf steh ich absolut nicht! Somit hat sich das Gespräch sowieso erledigt! Gibt sicherlich noch mehr potenzielle Damen hier!"

Mit diesen Worten drehte ich mich meinem Nachbarn zu und blickte in zwei wundervolle braune Augen, die mich grinsend musterten. Schon hatte es zwischen uns gefunkt!

Oh, mein Gott!

Wenn er mich jetzt noch darum bat, mit ihm hoch zu gehen, würde ich es sofort tun!

Hopp oder Topp!

Langsam ließ ich meinen Blick über seinen Körper gleiten.

Behaart!

Shit!

Ich hasste behaarte Kerle!

Scheiß drauf!

Ich wollte ficken und ihn nicht rasieren!

Der Typ links neben mir, ließ einen blöden Spruch los.

Ich zeigte ihm den Stinkefinger. Beleidigt zog er ab.

Olga kam auf uns zu.

„Lasst euch von dem ja nichts gefallen! Der ist einfach unmöglich! Kommt, bezahlt, meckert, eine schnelle Nummer und dann ab!"

„Bei dem bekommt man Schüttellähmung! Der hat es zu respektieren, wenn Frau nicht möchte! Ich weiß mir schon zu helfen! Danke dir!", gab ich lachend zurück.

Suchend blickte ich mich nach Josefine um.

Wo war sie denn jetzt schon wieder?

Sieh war verschwunden und würde sicher irgendwann auftauchen!

Unmöglich dieses Weib!

Ich hasste ihre Launen!

„Hast du Lust mit mir nach oben zu gehen?", kam es mehr als schüchtern von der rechten Seite.

„Ja! Komm mit!", ich sprang hoch.

Hatte ich das gerade von mir gegeben?

Was machte ich da eigentlich?

Mein Gewissen meldete sich!

Ach halt doch die Klappe, dachte ich und zog meinen Nebenmann mit.

Oben hatten wir das Glück, dass dieses SM-Zimmer frei war.

Ich zog meinen Galan hinein und blickte mich um.

Huch!

Diffuses Licht umfing uns.

An der linken Wand das berühmte Andreaskreuz fürs Bizarre.

Rechts ein riesiges Bett mit Lederfesseln für diverse und perverse Ausschweifungen.

„Bitte hier! Keine Angst, ich stehe nicht auf abartige Spielchen jeglicher Art! Es ist nur der einzige Raum, der eine Tür hat! Ich mache das heute zum Ersten Mal und habe keine Lust mir dabei zusehen zu lassen!"

„Ich hab's auch noch nie gemacht!", gab er von sich.

„Na, dann haben wir beide Premiere!", lachte ich.

Behutsam wollte er mich in die Arme nehmen.

„Komm wir ziehen uns sofort aus, dann geht alles ein bisschen schneller!", forderte ich ihn auf.

Würde es jetzt angezogen noch ein langes Vorspiel mit ihm geben, verlor ich die Courage.

Er nickte und ruckzuck verzogen wir uns auf das mit

Leder überzogene Bett.

Kalt!

„Handtücher! Wir haben tatsächlich die Handtücher vergessen! Die liegen draußen um die Ecke! Gehst du sie holen?"

Er nickte, stand auf und verließ den Raum.

Kurz darauf war er mit vier großen Laken zurück. Schnell waren sie ausgebreitet und dann ging es auch schon zur Sache.

Behutsam küsste er mich und das mehr als gekonnt. Zu meiner Schande musste ich mir gestehen, dass es mir gefiel und ich blieb ihm nichts schuldig. Wir waren mit den Zungen regelrecht ineinander verknotet. Ich stöhnte auf und er streichelte behutsam meine Brüste.

Geil!

Einfach nur geil!

Und ich wurde noch geiler!

Seine Hände wanderten langsam nach unten zwischen meine Schenkel.

„Du bist schön feucht", hauchte er mir ins Ohr.

Feucht? Ich triefte vor Geilheit!

Er knutschte weiter und zog alle Register.

Seine Finger spielten mit meinem ganzen Körper und er beherrschte dieses Spiel perfekt.

Ich stöhnte und wand mich und hatte nach kürzester Zeit den ersten Orgasmus.

Ich wollte mehr und legte auch Hand an ihn.

Behutsam massierte ich sein Glied, das einfach nicht vollständig steif werden wollte.

Mund!

Jetzt wollte ich es genau wissen!

Ich lieferte den besten Blowjob meines Lebens, aber er wurde nicht hart. Immer ein Ansatz und dann hing er wieder.

37

Scheiße!

Lag es an mir oder bekam er sonst auch keinen hoch.

Ich machte mich ab wie eine Irre!

„Hör auf! Mir kommt es gleich! Bläst du denn gerne?"

Ihm kommen? Hatte ich da was verpasst? Er bekam ja nicht mal einen Harten!

Ich setzte mich auf und schaute ihn an.

„Jetzt mal ehrlich! Warum bekommst du keinen hoch? Bist du verheiratet und hast ein schlechtes Gewissen?"

Er nickte.

„Verheiratet nicht aber ich habe eine Freundin! Bist du sauer? Ich brauche immer so lange, bis er mal steht!"

Ja super!

Noch so ein Typ!

„Nö, bin nicht sauer! Ich bin verheiratet und ich denke deine Freundin spuckt bei dir im Hinterkopf herum, wie mein Mann bei mir! Deshalb kannst du also nicht! Egal! Nicht so schlimm!"

Leichte Enttäuschung machte sich dennoch breit und ich versuchte es mir nicht anmerken zu lassen.

Jetzt wo ich über meinen Schatten gesprungen war, ging bei ihm nichts!

„Bei mir zuhause ist es halt so! Sie mag nur einmal im Monat und ich könnte täglich! Ich habe es nicht mehr ausgehalten und bin in den Club! Jetzt kann ich nicht! Shit! Leg dich bitte wieder hin, wir versuchen es noch einmal", bat er mich.

Ich tat ihm den Gefallen und dann ging es erneut los.

Nichts!

Außer das es ihm urplötzlich ohne Erektion kam und sich alles über meinen Bauch ergoss, wo er es mit seinen Händen verstrich und seine Finger kurz in meine Muschi steckte. Verhalten stöhnte ich auf und schon zog er sie heraus.

Schöne Pleite!

Ich war spitz wie Nachbars Lumpi und er bekam ihn nicht in Stellung!

Mit offener Wunde lag ich da.

Meine Enttäuschung war wohl nicht zu übersehen.

Plötzlich kniete er sich vor mich und fing an meine Klitoris zu bearbeiten. Er benutzte beide Daumen und in kürzester Zeit hatte ich einen Höhepunkt.

Oh, mein Gott!

Das hatte bisher nicht einmal Peter geschafft!

Ich kam viermal!

Allerdings wäre es mir lieber gewesen, wenn er es mir mit seinem Schwanz besorgt hätte!

Kondome!

Wir hatte kein Kondom benutzt!

Verdammt!

Zum Glück war er vorhin nur mit seinen Fingern in mich eingedrungen und hatte sich so nicht direkt in mich ergossen!

Passieren durfte eigentlich nichts mehr!

Ich hatte die Wechseljahre hinter mir!

Trotzdem!

Er entschuldigte sich bei mir für sein Versagen!

„Warum entschuldigst du dich? Das ist völlig unnötig! Es war auch so schön und ich denke, wir hatten beide etwas davon! Jeder auf seine Weise. Du bist äußerst geschickt mit deinen Fingern", erklärte ich.

„Jahrelang Tantraseminare besucht", grinste er.

Jetzt war mir einiges klar und schon erzählte er mir seine Lebensgeschichte. Leicht angenervt hörte ich zu. Knapp eine Stunde hing er mir eine Kassette ans Ohr. Dann küsste er mich noch einmal intensiv und gab mir einen Klaps auf den Hintern. Ich lachte, schickte ihn nach unten und duschte ausgiebig.

39

Nachdenklich zog ich mich an.

Schöner Reinfall war es gewesen.

Nur langsam glaubte ich wirklich, dass jeder meinte ich sei bei der Seelsorge.

Schnell entsorgte ich die benutzten Laken in den Korb und machte mich auf den Weg in die Gaststube.

Josefine war auch eingetrudelt und grinste mich frech an.

„Na? Und wie?", fragte sie nach.

Ich lächelte nur.

Mein Sexpartner war startklar für die Heimfahrt.

„Bist du nächste Woche auch hier? Ich kann nur dann, wenn sie auf Arbeit ist!"

Ich nickte, er drückte mir einen Kuss auf die Wange und verschwand.

„Na da hast du aber jemanden ganz gehörig das Herz gebrochen", kam es von Josi.

„Sag mal? Was war denn vorhin mit dir wieder los? Du hast eine Fresse gezogen, als der Knallkopf neben mir fragte, ob ich mit aufs Zimmer gehe! Hättest ihn dir doch schnappen können! Ich hab doch gesehen, wie du ihn mit den Augen verschlungen hast! Mein Typ war er sowieso nicht!", fragte ich sie.

„Nö! Ich will nicht die zweite Geige spielen! Er hat dich gefragt und nicht mich! Ich will, dass man mich direkt anspricht!", gab sie bockig von sich.

Ich lachte auf.

„Sag mal, kann es vielleicht sein, dass du jetzt völlig spinnst? Willst du ficken oder zicken! Mir ist es doch egal, wer mich fragt. Hauptsache die Chemie passt! Ob ich erste, zweite oder dritte Geige spiele ist egal! Wir sind hier nicht beim Wunschkonzert!", knallte ich ihr an den Kopf.

„Ich schon!", kam zurück.

Bevor ich antworten konnte, kam Olga an den Tisch und fragte nach, was wir für Getränke wollten.

Wir gaben eine neue Bestellung auf.

Kurz darauf rannte sie wie ein aufgescheuchtes Huhn nach draußen und kam mit einem Pärchen zurück. Ich stutzte. Irgendwie kam mir die weibliche Person bekannt vor. Diese Ähnlichkeit! Nein! Sicher nur ein Irrtum! Oder? Es ließ mir keine Ruhe und ich riskierte es.

„Celine?", fragte ich vorsichtig nach.

Die Person blieb stehen, schaute mich fragend an und dann kam ein Aufschrei der Überraschung.

„Sabrina?! Bist du es? Oh, mein Gott! Wie lange ist das her? Ich freu mich so! Moment, ich bin sofort bei dir! Stefano, setzt dich schon einmal dazu!", gab sie völlig aufgelöst von sich.

Stefano nahm Platz und begrüßte uns freundlich. Kurz darauf kam auch Celine zurück. Jetzt endlich war auch der Knoten bei Josefine geplatzt und sie freute sich.

„Mensch Celine, wie lange haben wir uns schon nicht mehr gesehen? Wie geht es dir? Was machst du? Bist du in festen Händen?", fragte Josi nach.

Das Gesicht von Celine verfinsterte sich.

Ich erinnerte mich an das Gespräch mit Olga.

Hier lag wirklich etwas im Argen.

„Möchtest du reden?", fragte ich behutsam nach.

„Später", erklärte Celine.

Olga brachte eine Runde Sekt. Celine hatte sie für uns spendiert.

Wir bedankten uns, stießen auf frühere Zeiten an und endlich gab Celine einiges von sich preis.

Ihr Ehemann hatte sie einen Tag zuvor gegen ihren Willen, von diesem fiesen Fetti besteigen lassen um kostengünstiger an einen neuen Club zu kommen. Sie erzählte uns, dass sie von ihrem Mann und dessen Sekretärin, mit der er ein Verhältnis hatte, bereits beim Unterzeichnen des Ehevertrages, gnadenlos über den Tisch gezogen worden war. Ihr gehörte rein gar nichts mehr. Irgendwann hatte sie herausbekommen, dass er ein Zuhälter war. Tagsüber der Chef ihrer Firma und abends Besitzer eines Eroscenter.

Nach dieser Ausführung herrschte nur Schweigen vor.

Ich räusperte mich.

„Sorry und das lässt du dir gefallen? Stefano, welche Rolle spielst du eigentlich dabei?", fragte ich ihn.

„Keine! Noch nicht!", gab er kurz zurück.

„Schönes Kameradenschwein bist du!", knallte ich ihm an den Kopf.

Im gleichen Moment wurde die Tür aufgerissen und der Ehemann von Celine mit Gefolge stürmte herein.

„Ahhhh! Da bist du ja endlich! Denk daran du hast ein Date! Marsch nach oben ins SM-Zimmer!"

Celine zuckte sichtbar zusammen.

Wir wussten was da oben auf sie wartete. Dieses fiese, kleine, fette Trüffelschwein! Sie hatte erzählt, was ihr einen Tag zuvor passiert war! Am liebsten hätte ich ihrem Ronan eines in die Fresse gegeben!

Da kam mir eine Idee!

„Ohhhh! SM-Zimmer! Dürfen wir mitmischen oder ist das privat? Steh ich ja voll drauf! Josi du doch auch?", drehte ich mich augenzwinkernd in ihre Richtung.

„Ja klar! Hatte ich schon lange nicht mehr!", bestätigte sie.

„Okay! Wenn es den Damen Spaß macht! Von mir aus könnt ihr auch daran teilnehmen. Über so viele Ärsche freut sich Werner sicherlich! Hopp, hopp nach oben meine Damen! Möge sein Saft in euch sein!"

Lachend verschwand Ronan mit seiner Sekretärin in

die Privaträume.

Celine bebte vor Wut und stand auf.

„Stefano du bleibst besser hier und passt gut auf, dass Ronan nicht auf die Idee kommt nach oben zu gehen! Celine, wir werden diesem Mastschwein eine gehörige Abreibung verabreichen. Olga hast du ein paar Tücher für Fesselspielchen? Ich schwöre euch, so schnell wird dieser fette Drecksack keine Frau mehr anfassen!", versprach ich.

Sie nickte, eilte in den Nebenraum und reichte sie mir.

„Danke und nun los Mädels! Learning by doing!"

Geschlossen eilten wir nach oben.

Bevor wir das Zimmer betraten, impfte ich Celine ein, dass sie ihn scharf machte, die Augen verband und wir ihn dann übernehmen würden.

„Er hat seit gestern noch etwas gut bei uns!", gab ich von mir.

Josefine lachte dreckig.

Celine öffnete die Tür und huschte hinein.

Wir standen lauschend davor.

Nun hieß es abwarten.

„Hallo meine Schöne! Wurde auch langsam Zeit! Mein Liebling sabbert schon und lechzt nach deinem Loch! So, nun zieh dich endlich aus und mach mir auf dem Bett die Doggystellung, damit ich an deinem überaus geilen Hinterteil schnuppern kann! Gestern im Aufzug ging das ja nicht! Danach werde ich dich durchficken, dass du um Gnade flehst!", drang seine Stimme bis zu uns vor.

Grinsend schauten wir uns an.

„Jetzt mach endlich, sonst reiße ich dir die Klamotten vom Leib! Dein Mann hat mir zugesagt, dass du es mir ordentlich besorgen wirst! Neunundsechziger! Los ab in diese Stellung! Jaaaa! Geiler Körper! Geile Möse!

Lutsch ihn endlich! Dabei werde ich dein Loch lecken! Schön langsam, damit mein Prügel nicht so schnell das spucken anfängt. Deine Brustwarzen sind auch schon wieder steif! Du geiles Luder du! Los mach weiter! Jaaa! Ohhh! Stopp! Jetzt dreh dich! Was willst du mit dem Tuch? Vergiß es!", brüllte er los.

Josefine und ich guckten uns an. Das schaffte Celine nicht ohne Hilfe. Wir hörten Aufschreie von ihr. Es reichte! Was zu viel ist, ist zu viel! Nickend rissen wir die Tür auf und stürmten hinein.

„Wir wollen auch mitmachen!", riefen wir und sahen die Erleichterung in Celines Gesicht.

„Was zum Teufel! Ahhhh! Schau einer an, die Damen von gestern! Na, ihr miesen Schlampen! Habt ihr es euch überlegt und wollt nun etwas von meinem geilen Schwanz abbekommen? Nur zu! Ich habe reichlich!"

„Wir haben vorhin von Ronan einige deiner Vorzüge zu hören bekommen! Wir sind bereits scharf!", gab ich gurrend von mir.

Er leckte sich über die feisten Lippen.

Am liebsten hätte ich ihm ins Gesicht gekotzt!

„So Mädels, dann wollen wir einmal loslegen! Ab aufs Bett! Alle drei und in Doggystellung!"

Damit wir nicht aufflogen folgten wir seinem Befehl.

„Bitte nur mit Kondom! Ich möchte nicht schwanger werden! Ich vertrage die Pille nicht! Ist das möglich?", fragte ich höflich nach.

„Ausnahmsweise! Drei Freistöße müssen sein! Ohne Kondom! Celine bekommt den ganzen Saft ab, wie gestern! Welch geiler Anblick! Ich fange jetzt an!"

Kurz darauf spürte ich seine Nase an meinem Hintern und zuckte zusammen.

Er schnüffelte wie ein Irrer und dasselbe veranstaltete er mir Celine und Josefine.

Josi gab jedes Mal, mit einem Blick in meine Richtung, ein grunzendes Geräusch von sich.

Ich musste mir das Lachen verkneifen.

Werner klopfte mit seinen Pimmel an unsere Ärsche und schob dabei seine Finger in die Mösen.

„Es ist gleich soweit Mädels! Ihr seit feucht und nun geht es zum großen Halali!"

Schon machte er sich an mir zu schaffen und führte mir sein Teil ein.

Verdammt! Es war riesig und nach sechs Jahren ohne Sex, die reinste Wonne für mich!

Ich stöhnte, schnappte nach Luft, wand mich vor Lust und schon stieß er mehrmals zu.

„Na? Möchtest du noch mehr! Ich vögle dich jetzt so richtig durch! Du lechzt ja richtig danach! Komm Süße schieb mir deinen Hintern entgegen! Bist du heiß!"

Ich wollte nicht und musste doch.

Was für ein Schwanz!

Genussvoll schrie ich auf, verfiel mit ihm in gleichem Rhythmus und dann kam es mir.

Er zog sich aus mir zurück und schlug mir auf den Po.

„Auf dich komme ich heute mehrmals zurück! Geiles Miststück!"

Schon war er bei Josefine zu Gange und diese hatte regelrecht darauf gewartet.

Sie schrie hemmungslos vor Lust und feuerte ihn an, bis er von ihr abließ.

Als er sich gerade über Celine hermachen wollte, hielt ich ihn zurück.

„Schnuckelchen, lass doch Celine und nimm uns! Wir haben mehr zu bieten! Du kannst sie ja als Anreiz vor dir liegen lassen, falls dein Kleiner nicht mehr kann oder will! Was hältst du von unserem Vorschlag?"

Er überlegte.

„Gute Idee! Celine du bleibst hier! Da die Idee von deiner Freundin kam, werde ich auf der Stelle mit ihr weitermachen!", sprachs und schon gab er den Befehl, dass wir uns mit geöffneten Beinen vor ihn legten.

Scheiße!

Was hatte er jetzt wieder vor?

Ich erfuhr es als Erste!

Er leckte und lutschte, bis ich nur noch triefte.

„Lecker Mösensaft! Das Beste was es gibt! Kondom ziehe ich mir nachher über. Jetzt wirst du bestiegen und dann besorge ich es dir so richtig, bis ich komme! Und das kann dauern!"

„Ich muss mal", gab Josi von sich und stand auf.

„Beeil dich, du bist die Nächste!", blaffte er und schon wälzte er sich keuchend über mich.

Er drückte meine Beine weiter auseinander und drang langsam in mich ein.

Oh mein Gott!

Dieses behutsame Eindringen, brachte mich schon im Vorfeld auf andere Gedanken.

Ich stöhnte auf und schon ging der Ritt los.

„Jaaaa! Was für ein Loch! Heiß! Es kommt mir gleich! Ja! Jetzt! Es kommt!", schrie er und bevor er sich in mich ergoss, stieß ich ihn von mir.

Josefine war natürlich nicht gegangen, sondern hatte in der Ecke gestanden und nur darauf gewartet. Sie fing ihn auf und nahm ihn in den Klammergriff.

Jetzt kam Celine ins Spiel!

Sie knebelte seinen Mund ganz leicht, mit einem der mitgebrachten Tücher und nun waren wir am Zug.

Angewidert reinigte ich meine untere Region.

Ich stand auf und schritt auf ihn zu.

„So du miese kleine Ratte! Jetzt werden wir dir zeigen wo es hier lang geht! Mach dich auf die Hölle gefasst, die ich dir gestern prophezeit habe! Danach wirst du jede Frau mit dem gebührenden Respekt behandeln!" Seine kleinen Schweinsaugen starrten mich entsetzt an. Celine und Josefine drängten ihn an das Andreaskreuz und schnallten ihn fest, während ich mir schnell ein Badelaken um den Körper schlang und nach unten zu Olga eilte.

Außer ihr, Stefano und Ronan war keiner anwesend.

"Olga ich brauche die drei stärksten Peitschen. Unser Werner ist scharf darauf, dass wir ihn bestrafen, weil er ein böser, böser Bube gewesen ist. Was kannst du mir empfehlen? Er will die harte Schiene reiten."

Sie suchte mir das gewünschte und überreichte sie mir.

"So, die Damen bearbeiten ihn anständig! Da freut er sich bestimmt! Er steht auf solche Spiele! Celine kann danach nachhause gehen! Stefano wird sie bringen!", warf Ronan ein.

Ich nickte.

"Ach Olga, dass hätte ich beinahe vergessen! Werner wollte unbedingt eine Feder zum Anreizen und ein paar Eierquäler! Hast du so etwas da?"

"Moment ich schau mal in unseren Zauberkasten. Ja! Hier haben wir die guten Stücke! Autsch! Ich hoffe er hält diese Zwicker mit den schweren Kugeln aus? Viel Spaß Mädels!"

Sie überreichte mir augenzwinkernd die Sachen.

Ich verschwand nach oben in die Folterkammer.

"Nun zu uns Mistkerl! Du hast es gerne pervers und schmerzhaft, so wie du es anderen zufügst? Kannst du haben! Erst werden wir deine Eier mit einer Feder reizen, bis dein Schwanz wie eine Eins steht! Ich blase und lutsche dir einen und wehe du spritzt in meinen Mund! Dann kommen die bösen, schweren Klammern und die Peitsche! Inzwischen holen wir deine Kleider!

Wir lassen dich die ganze Nacht bis morgen früh hier oben, in dieser Stellung!"

Während ich ihn anbrüllte, fing ich an seine Eier ganz langsam zu massieren. In kürzester Zeit hatte er einen Ständer und grunzte und stöhnte vor sich hin. Ich ging in die Knie und lutschte an seinem Schwanz. Josefine lachte und fummelte mit der Feder an ihm herum.

Werner hatte immer noch den Knebel im Mund und gab undefinierbare Laute von sich. Ich nahm ihn ab und merkte wie er kurz vor dem Ejakulieren stand. Schon spritzte unkontrolliert sein Saft heraus und ich konnte gerade noch ausweichen.

„Ich hatte dich gewarnt! Zur Strafe bekommst du jetzt die erste Sackklammer!", blaffte ich.

„Stopp! Das werde ich kurz übernehmen, als Rache und Entschädigung für gestern! ", warf Celine ein und zwickte sie ohne mit der Wimper zu zucken an seinen Hoden.

Werner bäumte sich auf, wurde krebsrot und keuchte vor sich hin.

„Oh ja! Welch ein geiles Gefühl! Ich steh auf Schmerz! Bitte mehr!", verlangte er.

Josi und Celine nahmen ihn in die Mangel und fuhren mit ihren Händen über seinen Körper. Nach kürzester Zeit war er so erregt, dass sein Teil erneut wie eine Eins stand. Nun war ich wieder gefragt und nahm ihn in die Hand. Vorsichtig schob ich seine Vorhaut hin und her, hielt inne und lutschte ihn. Werner wand sich wie ein verwundetes Tier, soweit es die Fesselung zu ließ und versuchte einen Erguss zu vermeiden.

„Na du Ferkel? Wie fühlt man sich, wenn man mal so richtig hergenommen wird?", fragte ich nach.

Er gab fiepende Laute von sich und zog und rüttelte an seinen Fesseln.

Ich stand auf und reichte den Mädels eine Peitsche zu. „Werner ist ein unartiges Kind und bekommt nun ein paar Hiebe, damit er wieder weiß wo es lang geht!" Ich nickte und zur gleichen Zeit schlugen wir zu. Bei Werner zeigten sich die ersten roten Striemen auf Brust und Bauch.

„Mädels ich glaube wir gönnen ihm eine kleine Pause, sonst kollabiert er noch. Also ich habe Durst! Ich geh was trinken! Kommt ihr mit?"

Die anderen nickten.

Ich band ihm das Tuch wieder um.

Wir winkten Werner zu, stellten die Ampel auf rot, damit keiner ohne Aufforderung das Zimmer betrat und verzogen uns kichernd nach unten.

„Was macht ihr hier? Wo ist Werner?", fragte Ronan barsch nach.

„Wernilein war böse, hat jetzt Aua und will ein kleines bisschen Ruhe. Er hat uns nach unten geschickt, damit wir ihm eine Flasche Sekt und Gläser holen. Es wird gleich weitergefickt. Wir stärken uns schnell am Büfett und verschwinden wieder nach oben. Keine Störung bitte, wir wollen alleine bleiben. Werner tankt gerade neue Energie um seinen Lümmel auf Vordermann zu bringen. Dieser Kerl hat eine Energie! Uns tut bereits alles weh!", log ich ihm vor.

„Ja die hat er! Werner nutzt einige spezielle Mittelchen damit er länger vögeln kann! Na, Hauptsache er hat seinen Spaß! Nehmt ruhig eine Flasche mehr mit für eventuelle Sprudelspiele!", gab er dreckig lachend von sich.

Du Arschloch, wenn du wüsstest, was da oben wirklich abgeht, dachte ich bei mir.

Wir tranken unsere Limonade aus und verzogen uns ans Büfett.

„Frisch gestärkt, lässt es sich gleich besser quälen!"
Die beiden Mädels lachten, wir langten kräftig zu und überlegten uns neue Grausamkeiten.
„Wir müssen nur darauf achten, dass er nicht umfällt, sonst haben wir die Polizei am Hals! Sag mal Josi, du hast doch immer einen Dildo dabei? Den nehmen wir mit nach oben und verpassen ihm einen Arschfick, der besonderen Art. Auf, auf!"
Josefine holte ihr Spielzeug und dann verschwanden wir in unsere Folterkammer.
Werner wurde unruhig als er uns sah und zerrte wieder an seinen Fesseln.
Ich ging auf ihn zu, packte seine Eier und drückte zu. Er quiekte wie ein Schweinchen.
„Hör mir zu! Ich lockere etwas den Knebel, damit du besser Luft bekommst! Wage es nicht zu schreien!"
Er nickte.
Vorher entfernte ich die Sackklammer und er stöhnte erleichtert auf.
„Sonst fallen dir noch die Eier ab! Sind schon blau!"
Vorsichtig lockerte ich das Tuch in seinem Mund und präsentierte gleichzeitig den Dildo. Erschrocken riss er die Augen auf.
„Guck nicht so! Wir werden dir damit deinen Arsch im wahrsten Sinne des Wortes aufreißen! Mädels wir müssen ihm jetzt die Beine entfesseln und sie in diese Hängeschlingen verfrachten. So haben wir freie Bahn um an seinen Hintern zu kommen. Ich rate dir, keinen Mucks von dir zu geben! Hast du verstanden!?", schrie ich ihn an.
Er nickte.
Schnell und ohne Probleme war unser Vorhaben in die Tat umgesetzt und Werner hing mit den Armen am Andreaskreuz und seinem Arsch und den Beinen

in der Luft. Viel Spielraum hatte er nicht zum bewegen und war uns ausgeliefert. Wir lachten und dann nahm Celine den Zauberstab entgegen. Sie stellte den Dildo an und heizte Werner richtig ein, bis sein Pimmelchen akkurat in der Luft stand. Ich fing wieder an, ihn zu lecken und zu lutschen. Er wimmerte wie ein kleines Kind und dann drehte Celine unser Spielzeug in seinen Hintern. Bis zum Anschlag steckte es und brummte vor sich hin. Werner kam es nach kurzer Zeit und sein Saft spritzte in alle Richtungen. Uns reichte es, denn diesem Dreckschwein schien das noch zu gefallen. Wir ließen ihn hängen und huschten ins Kaminzimmer.

„Den bekommen wir noch klein! Dauert halt etwas!", meinte Josefine.

Wir lachten.

Nach zehn Minuten meinte Celine, dass es besser wäre einmal nach ihm zu sehen.

Josefine nickte und stand auf.

„Mädels ich muss dringend auf Toilette. Komm gleich nach, geht schon voraus", gab ich zurück.

Beide grinsten und verschwanden, während ich aufs Örtchen eilte.

In Gedanken machte ich mich auf den Weg zurück, wurde gepackt und in eines der Zimmer gezogen. Ich wollte schon schreien, als mich eine Stimme ansprach.

„Ich bin es, der Versager von vorhin! Hast du Lust, es mit mir noch einmal zu probieren?", fragte er.

„Mein Gott, hast du mich erschreckt! Wieso Versager? Es ging eben nicht und war somit kein Problem. Im Gegenteil, deine Zungen- und Daumenführung war so exakt, dass es mir mehr als einmal kam. Jetzt ist aber das SM-Zimmer belegt. Willst du hier, wo alle Einblick haben? Wie heißt du überhaupt?"

„Sven! Ich würde es gerne mal so probieren, vielleicht

wird er dann steif. Das Verbotene und der Reiz lockt ja meist", meinte er schüchtern.

„Okay, versuchen wir es! Ich sag meinen Freundinnen Bescheid und bin gleich wieder hier. Du kannst in der Zeit die Liegefläche mit Handtüchern auslegen."

Auf ein Neues!

Ich hoffte nur, dass er diesmal Flagge zeigte.

Die Mädels waren informiert, wünschten mir viel Spaß und grinsten frech vor sich hin.

Werner hing in den Seilen wie ein nasser Sack.

Er hatte immer noch den Dildo, der lustig vor sich hinbrummte, im Hintern stecken und schien es sehr zu genießen.

„Lasst ihn nicht solange leiden, aber dem gefällt es ja noch! Dieses Grinsen, unfassbar! Ich hoffe, dass Sven mir endlich den heiß ersehnten Ritt verpasst! Bis denn Mädels!"

Winkend verschwand ich zurück zu meinem Lover.

Sven lag bereits nackt auf der Liege. Ich zog mich aus und gesellte mich dazu. Etwas mulmig war mir schon in diesem offenen Raum.

„Ich glaube jetzt versage ich! Können wir etwas nach hinten rutschen? Breit genug ist das Bett ja!"

„Kein Thema! Komm!"

Sanft zog er mich zu sich und stapelte die Kissen, die um uns herum lagen, zu einer kleinen Mauer. Wenn er einen hoch bekam und genauso einfühlsam war, wie mit dieser Geste, hätte ich zum ersten Mal in meinem Leben, den perfekten Sex.

Alles andere war bisher Gerammel gewesen, nur damit die geilen Kerle ihr persönliches, perverses Vergnügen hatten und schnell zum goldenen Schuss kamen. Mein Mann war auch nicht besser. Drauf, rein, poppen, abspritzen und dann die berühmte Zigarette danach.

Ob Frau was davon hatte, war nicht wichtig.

Ich seufzte und saß abwartend neben ihm.

„Sabrina bitte entspanne dich und überlasse mir jetzt die Führung."

Behutsam drückte er mich zurück und dann spürte ich seinen warmen Körper auf meinem.

Mein Herz klopfte bis zum Hals.

Verloren!

Ich war verloren!

Während er mich bis zur Bewusstlosigkeit küsste, griff er zwischen meine Beine und massierte meine Scham.

Ich stöhnte.

„Gut so?", fragte er nach.

„Ja! Gib mir mehr!", hauchte ich.

Und wie er es mir gab!

Langsam öffnete er meine Schamlippen und ließ seine Finger geschickt über die Klitoris gleiten. Ab und zu versenkte er seine Finger.

„Ja! Bitte mach weiter!"

Ich bäumte mich auf verkrallte mich in seinen Rücken, was ihn zum Aufstöhnen brachte. Und siehe da, eine leichte Regung in seiner unteren Hälfte war zu spüren.

„Sabrina, mach weiter! Ich glaube ich stehe auf deine Krallen!"

Das ließ ich mir nicht zweimal sagen und wiederholte das Spiel.

Nach kurzer Zeit stand sein Schwanz wie ein Soldat und hatte eine beträchtliche Größe, was vorhin nicht zu erkennen war. Ich schluckte.

„Wie möchtest du es haben, Sven!", fragte ich nach.

„Setz dich drauf! Wenn er einmal steht, kann ich auch sehr lange. Ich werde dich entschädigen und du wirst es genießen. Nun komm!"

Vorsichtig schob ich mich über ihn, führte sein Glied

ein und schloss genussvoll meine Augen.

„Ohhhh mein Gott! Ist das ein Prachtstück! Sven es kommt mir ohne dass du angefangen hast. Ja! Ja! Bitte bewege dich etwas! So ist es gut! Schneller!"

Ich geriet in Ekstase!

Sven kam in Fahrt und massierte meine Brüste.

Ich schrie, stöhnte und feuerte ihn an, es mir richtig zu besorgen. Inzwischen war es mir völlig egal, ob man uns sehen und hören konnte.

„Sabrina nicht so schnell, sonst kommt es mir! Bist du ein scharfer Feger! Hör auf!"

Er schubste mich regelecht von sich und brachte mich in die Rückenlage. Ich bäumte mich ihm entgegen, er kniete sich vor mich und leckte mich bis zu Orgasmus. Danach war ich fix und fertig, was ich nicht aus der Fassung zu bringen schien.

„Komm süße Hexe! Reite meinen Besen!", hauchte er in mein Ohr und versenkte sich erneut in mich.

Inzwischen hatten sich Zaungäste um uns versammelt und feuerten uns an. Genau das hatte ich vermeiden wollen. Allerdings ritt mich Sven so gut, dass ich nicht aufhören wollte.

Zwei der anwesenden Swinger nutzten die Situation, kamen zu uns und bevor ich mich versah, hatte ich einen Riesenschwanz im Mund.

Sven grinste mich zwischen seinen Stößen an und ich begann das Teil von Fred, so hatte er sich vorgestellt, langsam zu lutschen. Da ihn das Kondom störte und er laut seinen Angaben kein Gefühl damit hatte, zog er es nach kurzer Zeit ab und bat mich, es ohne zu tun. Jochen, so hieß der andere, schien bi zu sein, denn er kniete hinter Fred und bediente diesen. Beide stöhnten und Fred zog sein Teil aus meinem Mund.

Kurz darauf lagen beide neben uns und gaben sich

ihren Trieben hin.

Erleichtert seufzte ich auf und konzentrierte mich voll auf Sven.

Ich schnappte nach Luft, als er es mir richtig besorgte und lädierte ihn wohl völlig den Rücken. Er schrie und feuerte mich an, weiterzumachen. Ich spürte wie sein Samen pulsierend in mich strömte. Sven verkrallte sich in meinen Haaren, stöhnte auf, stieß mehrmals heftig zu und blieb keuchend auf mir liegen.

„Bist du ein geiles Stück! Das war nicht der letzte Ritt für heute. Es geht weiter. Ich brauche nur etwas zu trinken. Bleib ja hier, ich bin gleich wieder da und hole schnell etwas aus der Gaststube."

Er stand auf, schlüpfte in seine Wäsche und war kurz darauf verschwunden.

Fred und Jochen kamen gerade zum Ende, standen auf und verschwanden ebenfalls.

Ich wollte wissen, was mit Werner passierte, schlang mir ein Badelaken um und eilte zu den Mädels. Diese lachten als sie mich sahen und schon kamen ein paar Sprüche.

„Meine Fresse Sabrina! Was treibst du nur! Wir haben dich bis ins Zimmer schreien hören! Sven scheint es dir endlich besorgt zu haben! Ob es schön war brauch ich wohl nicht zu fragen, man hat es ja gehört", gab Josi von sich.

Ich wurde rot.

„Wo sind denn Werner und Celine?", hakte ich nach.

„Celine ist mit Stefano nach oben gegangen, nachdem Ronan endlich mit seiner Sekretärin verschwunden ist. Werner liegt auf dem Bett mit Ständer! Ich kann leider nicht mehr! Der hat ein Potential, einfach unheimlich. Wir konnten ihn überzeugen und er ist jetzt handzahm in jeder Lage", offenbarte sie mir.

„Was? Toll! Du sagst er hat noch einen Ständer? Ich bin immer noch geil und weiß nicht, ob Sven es noch einmal bringt. Der ist gerade unten um Getränke zu holen. Sollte ich ausnutzen. Neben uns haben gerade zwei Kerle gevögelt und irgendwie hat mich das so richtig aufgeheizt. Werner ist zwar nicht der Typ, mit dem ich es unbedingt mehrmals treiben würde, aber mich juckt es und ich brauche Abhilfe!"

„Sabrina! Unmöglich bist du! Frag Werner ob er dich besteigen darf! Ich denke er ist nicht abgeneigt! Einen Fick kann er noch! Das meinte er zumindest! Hol dir den goldenen Schuss!", lachte sie mir entgegen.

Ich suchte Blickkontakt zu Werner und dieser nickte.

„Komm ich erleichtere deine Lust und verschaffe dir einen herrlichen Orgasmus, den du niemals vergessen wirst! Nimm es mir nicht übel, wenn ich dich ab und zu mit Schimpfworten belege. Es ist nicht so gemeint, aber es törnt mich an."

Ich überlegte.

„Okay! Leg los!"

„Sein Pimmel ist unwahrscheinlich hart und aktiv! Wie Kruppstahl! Aber das weißt du ja bereits Sabrina. Ich geh kurz in die Gaststube und lenke Sven etwas ab. Bis Werner mit dir fertig wird, dauert es sicher einige Zeit", prophezeite sie mir und verschwand.

Ich rutschte aufs Bett und schon zog Werner mich an sich. Sein Riesenmonster reckte sich mir entgegen, ich nahm es in die Hand und dann in den Mund. Während ich saugte und lutschte, bearbeitete er meine Nippel.

„Leg dich hin, sonst kommt es mir und du hast nichts davon. Ich werde dich jetzt besteigen und es dir heftig besorgen. Erschrick nicht, wenn ich dich darum bitte die Stellung zu wechseln. So, das Kondom ist auch schon übergestreift. Mache einfach mit."

Sprachs und schon schob er sich über mich.
Ich spreizte meine Beine ganz weit und schon drang er
in mich ein um mich sofort kräftig zu bearbeiten. Sein
Schwanz füllte mich voll aus. Stöhnend hielt ich seinen
kräftigen Stößen entgegen und hatte innerhalb kurzer
Zeit einen Orgasmus. Werner war ebenfalls ein wahrer
Künstler der Fingerspiele.
Sie waren überall gleichzeitig. Ich kam nicht zur Ruhe.
„Ohhhhh! Deine Muschi scheint etwas Besonderes zu
sein! Du bist so heiß da drinnen! Komm lass dich von
allen Seiten ficken! Beweg dich etwas mit! So ist es gut!
Schneller! Jetzt langsamer und dann wie besprochen
Stellungswechsel! Jetzt! Doggystellung!"
Er glitt aus mir heraus und ich präsentierte ihm das
Gewünschte. Schnell schob er sein Teil wieder in mich
und bearbeitete mich weiter, wobei er meine Brüste
mit einbezog. Ich stöhnte erneut auf, denn es fühlte
sich gut an.
„Ja! Streck mir deinen geilen Arsch entgegen! Herrlich!
Welch ein Anblick!"
Inzwischen war ich mit seinem Rhythmus im Einklang
und unsere Körper gaben Schmatzgeräusche von sich.
Ich lehnte mich auf meine Ellenbogen, reckte ihm so
mein Hinterteil extrem entgegen, damit er tiefer in
meine Möse eindringen konnte. Er feuerte mich an
und ich stöhnte vor mich hin. Schon bekam ich den
nächsten Schub an Orgasmen.
„Halt still! Sofort! Meine Fresse, bist du eine geile Sau!
Ich gehorchte und wartete auf weitere Instruktionen.
„Ich stoße jetzt noch ein paar Mal zu und ziehe in so
langsam wie es geht heraus. Du wirst dadurch einen
weiteren Höhepunkt bekommen und dann setz dich
auf mich! Wenn ich Glück habe kommt es mir in
dieser Stellung noch nicht und ich besorg es dir dann

entgültig in der Missionarsstellung. Es geht los!"
Werner stieß und stieß und stieß!
Ich schrie nur noch vor Höhepunkten und als er sich ganz langsam aus mir zurückzog, lag ich anschließend fix und fertig vor ihm. Mein ganzer Körper glühte und ich zitterte.
„Setzt dich auf mich! Jetzt!"
Ich gehorchte und spürte seinen prallen Schwanz, der mich auch in dieser Stellung voll ausfüllte.
„Jaaaa! Geile Schlampe du!", schrie er.
Ich bewegte mich auf und ab.
„Halt still, sonst kommt es zu früh! Ich bearbeite jetzt deine Büste und du darfst dich nicht bewegen. Bleib ganz ruhig auf mir sitzen!"
Ich nickte und kurz darauf verging ich fast vor Lust.
„Oh mein Gott! Wie geil ist das denn? Lange halte ich es so nicht mehr aus! Bitte stoß zu, sonst verliere ich die Beherrschung und kann für nichts garantieren!"
Er lachte.
„Steig ab und leg dich hin! Ich riskiere es nicht, dass es mir jetzt schon kommt! Fingerspielchen tun es auch so für zwischendurch. Wir wollen doch beide kommen!"
Langsam kam ich seinem Wunsch nach. Am liebsten hätte ich losgelegt. Stöhnend stieg ich von ihm.
„Bitte mach weiter! Ich explodiere vor Lust! Schnell!", flehte ich ihn an und drehte mich auf den Rücken.
Ich war so feucht zwischen den Beinen, dass mir die Flüssigkeit daran herunterlief.
Werner wälzte sich wieder über mich und versank in mir.
„Oh mein Gott! Oh! Ich komme schon wieder! Gib es mir! Jaaaaaa!", schrie ich vor Lust.
Er bearbeitete mich, zog sich aus mir zurück um dann wieder einzudringen.

Dieses Spiel praktizierte er ein paar Mal

„Beeilt euch! Sven kommt auch gleich! Ich konnte ihn nicht mehr festquatschen!", ertönte Josefines Stimme aus dem Hintergrund.

Werner fing an im Akkord zu rammeln.

Ich hörte mich nur stöhnen, schreien und dann ergoss auch er sich.

„Jetzt! Jaaaaa es kommt! Ich spritz jetzt ab!", brüllte er und sank erschöpft auf mich.

Ich tippte ihn an.

„Bitte lass mich aufstehen, der Nächste wartet schon. Es war echt geil mit dir auch wenn ich dich nicht mag und ich hoffe du bleibst jetzt normal, sonst bekommst du wieder eine Sonderbehandlung!"

„Gerne doch!", meinte er grinsend.

Er stieß ein paar Mal zu und zog sich aus mir zurück.

„Mensch Sabrina! Ohne Kondom! Spinnst du etwas?", gab Josi von sich.

„Verdammt! Werner! Hast du es doch entfernt? Scheiß drauf, Josefine! Vorhin hattest du auch keines drüber gezogen! Ich denk doch, dass die Kerle sauber sind bis jetzt", warf ich ihr an den Kopf.

Sie grinste.

Ich stand auf um ganz schnell ins andere Zimmer zu huschen, bevor Sven etwas bemerkte.

„Danke für den geilen Abend!", rief Werner hinter mir her.

So als wenn nichts geschehen wäre, drapierte ich mich auf dem Bett, in dem es mir Sven besorgt hatte. Keine Sekunde zu früh, denn er tauchte bereits auf.

„Entschuldige! Josefine hat mich aufgehalten. Frierst du oder sind deine Nippel in freudiger Erwartung auf mich so hart?"

„Beides! Nun rede nicht so viel und besorg es mir! Es

juckt mich und ich bin schon wieder feucht!"
Sven griff mir zwischen die Beine.
„Stimmt! Also noch einmal das Ganze von vorne! Du darfst mich weiter malträtieren!"
Er legte sich daneben, strich über meine Brüste und nahm sich meine Nippel vor. Ich schloss die Augen.
„Ja! Mach weiter so!", gab ich stöhnend von mir und war schon wieder geil.
Wie versaut war ich eigentlich, schoss mir der kurze Gedanke durch den Kopf. Ich erkannte mich nicht wieder.
„Sabrina ich leg mich auf den Rücken. Würdest du mir einen blasen. Es war so schön."
Ich nickte und nahm sein Teil erst einmal behutsam in die Hand. Langsam stülpte ich meinen Mund darüber und sog und lutschte. Sven stöhnte, bewegte sich im Takt mit und schon bekam er einen Harten.
„Nicht! Hör auf, sonst kommt es mir! Du bist wirklich ein scharfes Luder! Jetzt hast du den Dreh raus, wie du mich geil bekommst", während er dies sagte öffnete er meine Beine etwas weiter und legte sich über mich.
Ich winkelte sie an und er versank in mir.
Aufstöhnend hielt er inne und fing an mich zu küssen. Kurz darauf waren wir nur noch ein keuchendes und ineinander verkralltes, stoßendes Bündel.
Mich jagte ein Höhepunkt nach dem anderen und er nahm mich in allen möglichen Stellungen. Ich verlor fast den Verstand dabei und wir waren inzwischen so schweißgebadet, als hätten wir zuvor sauniert.
„Sven ich kann nicht mehr! Bitte komm zum Schluss! Oh mein Gott! Das war der beste Sex meines Lebens! Jaaaa! Stoß zu! Härter!", schrie ich.
Er zog mich zu sich und küsste wie ein Irrer, dass ich glaubte ersticken zu müssen.

„Ich spritze! Jetzt! Es kommt!"

Und wie es ihm kam.

Ausgepowert lag ich neben ihm.

Lächelnd schenkte er mir ein Glas Wasser ein.

„Hier! Du hast es verdient!", gab er grinsend von sich.

Ich setzte mich hoch und trank gierig.

Herrlich!

„Sabrina ich möchte dich gerne öfters treffen! Es war so geil mit dir! Hast du Lust? Allerdings nicht immer hier. Zu teuer!"

„Ganz ehrlich, Sven? Ja! Du bist der Erste, der mich zum Höhepunkt gebracht hat."

Stimmte nicht ganz, da es Werner noch besser drauf hatte, aber das musste Sven nicht wissen. Zumindest hatte ich ab heute einen dauerhaften Reiter für meine sexuellen Bedürfnisse.

Ich hatte Hunger, stand auf und schon lief die ganze Brühe, die ich von den beiden Kerlen in mir hatte an meinen Beinen herunter.

Ekelhaft!

Schnell wischte ich mich mit dem Handtuch ab.

„Ich geh duschen und danach ans Büfett. Kommst du nach?", fragte ich.

Er nickte und ich verschwand.

Kurze Zeit später spürte ich unter der Dusche einen Körper hinter mir, der sich an meinen drückte. Ich erschrak, verlor die Seife, bückte mich reflexartig danach und schon hatte ich von hinten einen Pimmel in meiner Möse stecken, der anfing mich hart zu bearbeiten. Wehren konnte ich mich nicht, da wir beide sonst gestürzt wären und uns mehr als verletzt hätten. So hielt ich still und ließ es über mich ergehen. Ach, egal was sollte es! Sicher ein anderer Soloswinger! War mal eine neue Variante! Quickie!

Ich stöhnte und bewegte mich im Takt mit.

Erneut kam es mir. Ich schrie auf und verkrallte mich in der Verankerung der Duschhähne.

„Jaaaa! Ich weiß zwar nicht, wer du bist, aber es ist so geil!"

Ein dreckiges Lachen ertönte.

„Dir zeig ich es! Mich weißt keine Frau ab! Geil wie heiß du bist! Ich stoße dich, bis du mich anflehst, dass ich meinen Schwanz aus dir ziehe. Ja! Nimm das! Hier und hier! Es kommt! Jetzt!", schrie er und dann spürte ich auch seinen Saft in mir.

Jetzt wusste auch ich, wer mich gerade bestiegen hatte. Der Typ, den ich abgewiesen hatte.

„Verdammt! Zieh dein Ding aus mir! Du hattest dein Vergnügen du feiges Schwein!", blaffte ich wütend.

„Halt die Schnauze! Ich bin noch nicht fertig und es geht sofort weiter! Er wird wieder hart! Kein Wunder! Deine Möse ist angenehm heiß und man verspürt die pure Lust, dass Feuer in dir zu löschen! Oh ja! Er steht wieder und weiter im Takt! Los bück dich tiefer! Ja! Ja! Beweg dein verdammtes Becken mit! Hure! Schlampe! Das tut gut! Stopp! Mich zerreißt es gleich! Weiter! Ja! Endspurt! Es kommt!"

Er schlug mir dabei auf den Po und stieß immer weiter zu, bis sein Schwanz aus mir rutschte und er mir alles auf den Rücken spritzte.

„Halt bloß deine Klappe und erzähle niemanden was gerade passiert ist, sonst bist du erneut fällig! Es war geil und du hast meine Erwartungen übertroffen"

„Du meine gar nicht du widerlicher Schlappschwanz! Ich habe nichts verspürt und dir nur etwas vorgespielt! Bin auf größere Objekte als auf deinen Kleinen fixiert! Geh nachhause und fick die Hühner"

Er lachte.

„Zuerst wollte ich dich noch ficken und es hat bestens geklappt! Wir sehen uns!", gab er von sich.

Kurz darauf war er verschwunden.

Ich blieb in der Dusche und wusch mich unten herum wie eine Irre. Ich stellte den Duschkopf auf Strahl, ließ das Wasser in meine Möse sprudeln und schwemmte so den letzten Rest der Säfte aus mir.

Zum Glück wusste keiner, dass ich mich bereits vor Jahren hatte sterilisieren lassen. Die Kerle ließ ich alle im Glauben, dass ich brav die Pille nahm. So konnte ich hemmungslos genießen.

Eilig zog ich mich an.

„Hier bist du!", sprach Sven mich an.

„Ja, ich musste mich unbedingt duschen! Mein Mann muss ja nicht riechen was ich getan habe. Bleibst du oder musst du gehen?"

„Ich bleibe noch und muss mit dir reden. Komm wir setzen uns ins Kaminzimmer:"

Ich folgte ihm, platzierte mich in das gemütliche Sofa und richtete erwartungsvoll meinen Blick auf ihn.

Sven sah mich lange an, zog meinen Kopf ganz nah an seinen und küsste mich.

Ich stöhnte und schon waren wir auf dem besten Weg für das nächste Sexspiel.

Nein!

Für heute hatte ich genug!

Ich entzog mich ihm.

„Sabrina, du hast mich soweit gebracht, dass er nun ohne große Umschweife steht. Ich denke es liegt an meiner Freundin, dass ich schwer einen hoch bekam, aus Angst, verspottet zu werden."

„Wieso das denn? Hat doch alles prima geklappt und du bist sehr einfühlsam. In all meinen Ehejahren hatte ich nie so viele Höhepunkte, wie heute mit dir. Nur wie willst du die Kratzer auf deinem Rücken erklären? Deine Partnerin ist ja nicht doof!"

„Einfühlsam bist eher du. Ich wollte dich nicht stehen lassen, habe gehört, dass ihr noch da seid und deshalb gehofft, noch einmal mit dir schlafen zu dürfen. Es hat sich gelohnt und das mit dem Rücken bekomm ich auch noch hin."

Ich kuschelte mich an ihn.

„Wo hast du gedacht, dass wir uns treffen? Zu uns beiden nachhause geht ja nicht! Im Auto mache ich es nicht! Ich bin kein Schlangenmensch. Bleibt eigentlich nur ein Stundenhotel hier irgendwo zwischen unseren Wohnorten. So hat jeder die gleiche Anfahrzeit. Jetzt gehen wir hier als Pärchen durch und du musst nicht so viel bezahlen. Vielleicht alle vierzehn Tage hier im Club und sonst im Hotel? Ist das machbar?"

Er nickte.

Wir genossen die Zweisamkeit und Sven brachte mich tatsächlich dazu, mit ihm in die Sauna zu gehen.

„Ich vertrage saunieren nicht! Dir zuliebe probier ich es aus!"

„Du wirst es vertragen! Wir haben den Whirlpool und die Sauna für eine Stunde zur Verfügung. Ich habe mit Olga gesprochen und die anderen Gäste waren auch einverstanden. Nun komm!"

Er griff meinen Hand und fing an mich langsam zu entkleiden.

Ich seufzte.

Sven hatte seinen Bademantel an und war völlig nackt darunter.

Küssend lotste er mich rückwärts in die Sauna, drückte mich auf die Holzbank und legte sich über mich. Für einen kurzen Moment bekam ich Panik wegen der Hitze, doch dann spürte ich, dass er erregt war und um mich herum versank alles. Er nahm mich zweimal. Völlig verschwitzt und mehr als fertig machten wir uns auf den Weg zum Whirlpool, der beheizt war. Sven hob mich hoch, trug mich in das sprudelnde Nass und schon war er dabei, mich scharf zu machen.

„Oh mein Gott, Sven! Du wirst doch nicht etwa im Pool mit mir Sex haben wollen? Das geht doch n….."

„Doch!", gab er grinsend von sich.

Schon schob er seine Hand zwischen meine Beine und drückte mich an eine der Düsen.

Ich erschrak kurz, denn der Strahl war sehr effektiv.

„Wenn du dir den ultimativen Kick verschaffen willst, dann bleib so. Er wird deinen Höhepunkt steigern."

Sven küsste mich und nach kurzer Zeit spürte ich ihn erneut in mir. Er hatte Recht behalten und durch den Wasserdruck kam ich von einem Orgasmus in den nächsten. Er bekam einfach nicht genug von mir und ich fragte mich insgeheim, ob er Viagra eingenommen hatte.

„Sabrina es kommt mir gleich! Diese Düsen sind der Knaller! Jetzt weiß ich auch, warum der Pool immer so extrem gut besucht ist!"

Ich klammerte mich an ihm fest und genoss die Stöße, die sich von langsam in schnell steigerten und wieder zurück.

Sven keuchte und stöhnte mit mir um die Wette und dann kamen wir beide zur gleichen Zeit. Erschöpft zog er sich aus mir zurück.

Ich war ebenfalls fix und fertig.

„Ich kann nicht mehr und möchte doch noch! Morgen wird mir in den unteren Regionen alles wehtun!"

„So oft ist es mir bei meiner Freundin nie gekommen! Du bist ein verdorbenes Teufelsweib! Leider kann ich für den Moment nicht mehr, sonst würde ich es dir die ganze Nacht besorgen!"

Wir verließen den Pool und schon rückte das nächste Pärchen an.

Sven trocknete mich ab. Als er in Höhe meiner Beine war ging er in die Knie und machte sich über meine Schamlippen her.

Ich keuchte auf.

„Hör auf! Nicht hier! Ich denk du kannst nicht mehr!"

„Kann ich auch nicht, aber lecken geht immer! Denk an meine Hände! Und? Soll ich jetzt aufhören?"

„Nein! Mach weiter! Nicht hier! Lass uns nach oben in das SM-Zimmer gehen! Schnell!"

„Dein Wunsch sei mir Befehl, Meisterin!"

Ich lachte, er hob mich hoch, eilte nach oben und so landeten wir erneut im Bett.

„Würdest du dich auf ein Spiel mit mir einlassen? Ich lege deine Beine jetzt in diese Schlaufen! Somit bist du entlastet, kannst in Ruhe genießen und ich dich lecken bis zum nächsten Höhepunkt."

Ich nickte und schon ging es los.

Sven nuckelte vorsichtig an meinen Nippeln, die in kürzester Zeit hart wurden und massierte mit seinen Händen die Brüste.

Mit geschlossenen Augen lag ich da und konzentrierte mich auf das Geschehen.

Stöhnend erreichte ich meinen ersten Höhepunkt und schon war Sven an meinen Schamlippen und machte da weiter, wo er vorhin aufgehört hatte. Er leckte und rieb.

Ich schrie vor Lust und dann spürte ich in plötzlich in mir.

„Einmal geht noch!", meinte er trocken und grinste.

„Sven! Mir tut alles weh! Hör auf! Nein, mach weiter! Jaaaaa! Schöööön! Stoß weiter! Ohhh mein Gott! Jaaaa!

Jaaaa! Jetzt! Ich komme!"

„Ich auch! Jaaaaaaaa! Ich spritze!"

Keuchend sackte er auf mir zusammen.

Ich hatte ebenfalls genug.

Schluss!

Aus!

Nichts ging mehr!

„Für heute reicht es mir, du Lüstling! Sekt! Ich brauch unbedingt ein Glas Sekt! Mein Kreislauf ist im Keller!" Sven lachte, befreite mich aus den Schlaufen und legte sich über mich. Sein erhitzter Körper veranlasste mich zum Stöhnen. Behutsam streifte er meine Haare aus dem schweißüberströmten Gesicht und blickte mir tief in die Augen.

„Warum bist du mir nicht schon eher begegnet?"

„Schicksal! Eigentlich mag ich keine behaarten Männer und finde sie schrecklich."

„Was hat dich veranlasst deine Meinung zu ändern?"

„Deine wunderbaren braunen Augen"

„Meine was? Das hat mir noch keine Frau gesagt."

„Nun, dann bin ich die Erste. Jetzt würde ich liebend gerne nach unten gehen. Ich habe vielleicht Durst."

„Komm mit!"

Sven zog mich hoch, wir kleideten uns an und gingen zurück in die Gasstube. Ich lief etwas breitbeinig, was ihn zum Grinsen veranlasste.

„So schlimm?"

Ich nickte und kniff die Lippen zusammen.

„Mensch, da bist du ja endlich!", sprach Josefine mich an.

„Sorry, aber dich habe ich in der Hitze des Gefechtes völlig vergessen!"

„Ihr habt ja ganz schöne Geschütze aufgefahren! Man konnte euch bis hierher hören! Wie ich sehe, hat Sven

als standhafter Zinnsoldat den Krieg gewonnen!"
Frech zwinkerte sie mir zu.
Olga brachte eine Flasche Sekt und stellte sie auf den Tisch.
„Zur Stärkung", grinste sie.
„Sabrina hat sich tapfer geschlagen, aber beim letzten Manöver ging nichts mehr", gab Sven prompt seinen Senf dazu.
Ich verdrehte meine Augen und trank.
Es klingelte.
„Was ist denn heute los? So viele Gäste? Mädels ihr bringt Glück!", gab Olga von sich und eilte zur Tür.
Sieben Solomänner und zwei Solodamen stürmten den Gastraum.
„Hallo allerseits! Ist das eine Kälte draußen!", begrüßte uns eine der Damen und verschwand wieder.
Wir lachten.
„Das ist Angie mit ihrer Zwillingsschwester Steffi und den sieben Zwergen. Gangbanggang! Schweres Wort! Da geht es heute rund. Die beiden sind schlimmer als eine Nymphomanin. Lassen sich gerne zugucken beim ficken. Es darf auch mitgemacht werden!", klärte uns Olga umfangreich auf.
„Na das ist doch was für mich", meinte Josefine.
„Ferkel", gab ich von mir und alle brüllten.
„Ich werde die sieben Zwerge auf ihre Standhaftigkeit überprüfen!", versprach sie.
„Josefine! Einfach unmöglich! Du kannst doch beiden Nymphen nicht das Spielzeug klauen!"
„Warum denn nicht? Die Zipfel müssen stehen!"
Ich gab es auf und lachte vor mich hin.
Angie kam mit Anhang zurück. Alle stellten sich vor und dann wurde zur großen Party gerufen.
„So, wir gehen jetzt nach oben. Wer will alles mit um

beim großen Halali kräftig zu blasen und tätig zu sein? Die Kerle brauchen Starthilfe und glaubt es mir, keiner wird es bereuen."

„Ich bin sofort dabei!", rief Josi und erhob sich.

„Sabrina, was ist mit dir?", fragte Angie.

Ich schüttelte den Kopf.

„Danke, ich bin völlig satt! Sven hat mich bereits gut und hart bearbeitet! Mir tut alles weh", erklärte ich.

„Und du Sven? Meine Schwester und ich sind nicht so leicht zufrieden zu stellen. Könntest auch gute Dienste bei uns leisten. Ich steh auf behaarte Typen."

Sven erhob sich.

„Warum eigentlich nicht! Wir sind zum Swingen hier! Auf ein Neues! Vielleicht geht noch was!"

Ich starrte in verständnislos an.

War das der angeblich schüchterne Mann, der keinen hoch bekam? Dreckskerl! Schön hatte ich mich wieder verarschen lassen! Diese Typen waren doch alle gleich. Nicht mit mir! Obwohl es überall schmerzte, würde ich es ihm zeigen.

„Ja! Warum eigentlich nicht!"

Ich erhob mich und sah Sven grinsend an.

Rache war süß!

„Ich denke du kannst nicht mehr?", gab er angesäuert von sich.

„Vielleicht nicht mehr mit dir! Die Zwerge sind eine Herausforderung und scheinen auch sehr gut bestückt zu sein. Für dich bleiben die Nymphen und die sind sicherlich besser als ich! Ist doch eine tolle Erfahrung! Und wieso bist du auf einmal so sauer? Du kennst den Spruch! Alles kann, nichts muss! Außerdem sind wir kein Paar!", knallte ich ihm an den Kopf.

Lange und durchdringend schaute er mich an. Ich hielt seinem Blick stand.

Verdammter Idiot! Wenn ihm angeblich soviel an mir lag, warum machte er das jetzt mit!

„Na dann los, Leute!", kam von Angie und alle eilten nach oben.

Josefine gesellte sich an meine Seite und blickte mich fragend an.

„Alles klar?"

„Nein! Gar nichts ist klar! So ein Mistkerl!"

„Du hast dich doch nicht etwa verliebt? Ach herrje! Er wird es nicht wagen, wenn er dich ernsthaft mag!"

Josi versuchte mich aufzumuntern.

„Wir werden sehen! Jetzt aber nach oben, sonst fängt die Party ohne uns an."

Bedrückt machte ich mich auf den Weg.

Okay, wenn er es wissen wollte, dann konnte er es.

Kaum hatten wir den Raum betreten, wurde ich von einem der Zwerge gegriffen.

„Na Püppi? Wie heißt du denn? Ich bin Alex und mit dir würde ich gerne den Rest des Abends verbringen. Du gefällst mir außerordentlich gut."

Geschockt blickte ich ihn an und fand meine Sprache wieder.

„Ähm! Äh! Ich bin Sabrina. Wenn du schön vorsichtig mit mir umgehst, dann gerne. Ich hatte heute einige in mir und bin etwas verstimmt da unten!"

„Kein Problem! Ich werde dir eine spezielle und sehr effektive Behandlung zukommen lassen!"

Nach diesen Worten zog er mich in die hinterste Ecke und setzte sich auf eine der Matten.

„Komm zu mir und lass dich verwöhnen."

Ich nahm Platz und schon fing er an mich zu küssen und über meine Nippel zu streicheln. Es verging keine Minute und mich durchzog eine Welle der Erregung.

Schnell entfernte ich mein Oberteil und saß nun im

Slip vor ihm.

„Mein lieber Freund, sind das geile Titten! Ich werde dir erneut einen lustvollen Abend bescheren."

Er nahm meine Brust abwechselnd in den Mund und sog und lutschte daran. Ich verkrallte mich in seinen Haaren und meine Atmung wurde schneller.

Ich verging vor Lust.

Alex schien es zu spüren, legte mich sanft zurück und zog mir vorsichtig den Slip aus. Ich stöhnte auf, als er mir in den Schritt griff und dort gekonnt seine Finger spielen ließ. Kurze Zeit kam es mir.

„Ohhhh! Herrlich!", gab ich keuchend von mir.

Ohne ein Wort von sich zu geben machte er weiter.

Neben mir hörte ich inzwischen die anderen Pärchen stöhnen und keuchen.

Sven!

Verdammt!

Nicht einmal jetzt ging er mir aus dem Kopf. Ich hielt inne.

„Was ist los? Habe ich dich falsch berührt?"

Alex sah mich fragend an.

„Nein! Hat nichts mit dir zu tun! Es ist…! Ach, vergiss es und mach weiter! Soll ich dir einen blasen?", lenkte ich ab.

„Aber immer! Moment ich ziehe mich aus."

Sprachs und schon präsentierte er mir seinen extrem strammen Schwanz. Kurz blickte ich mich um und sah Sven, wie er gerade eine der Schwestern leckte. Als wenn er meinen Blick verspürt hätte, hörte er auf und sah mir direkt in die Augen.

Mir wurde für einen kurzen Augenblick ganz flau ihm Magen.

„Willst du vögeln oder gucken?", fragte Alex nach.

„Vögeln und das so, als wenn es das Letzte ist, was ich

mache! Zeigs mir!", erwiderte ich und legte mich hin.
„Willst du lieber mit Sven? Ich sehe doch, was los ist!"
„Nein! Besorg es mir endlich und das richtig!"
„Wie du willst! Es geht los!"
Alex zog alle Register bei der Vorarbeit und als ich ihn keuchend darum bat, mich zu besteigen, hörte er auf.
Enttäuscht blickte ich ihn an.
„Es ist aber nicht dein Ernst, dass du mich liegen lässt und zur Nächsten gehst?"
„Gleich! Nimm ihn in den Mund und blase mir einen. Da werde ich besonders geil!"
Er legte sich auf den Rücken und ich lieferte ihm das gewünschte.
„Sabrina du bist ein geiles Biest und bescherst gerade den besten Blowjob, den ich je bekommen habe. Jaaa! Hör auf, sonst spritze ich vorher schon! Schnell steig auf!"
Ich setzte mich über ihn, führte sein Teil ein und hob und senkte mich langsam. Alex stöhnte, verkrallte sich in meine Arme und feuerte mich an. Für einen kurzen Gedanken schoss mir Sven wieder in den Kopf und ich sah in die Richtung, wo er vorher gelegen hatte.
Unsere Blicke kreuzten sich erneut und auch er schien seine Aufmerksamkeit auf mich zu richten.
Er bearbeitete Angie heftig, die schreiend, wimmernd und keuchend unter ihm lag.
So war das also!
Was er konnte, das brachte auch ich zustande!
Ich blickte ihm in die Augen und focht ein Duell der besonderen Art mit im aus, während ich Alex ritt.
Mir kam es mehrere Male bei dieser Aktion und dann rollte sich Alex mit mir zur Seite.
„Sabrina? Kann es sein, dass du gerade Sven und nicht mich gevögelt hast? Zumindest gedanklich?", hakte er

nach.

Ich wurde rot und Alex grinste.

„Du kleines Biest! Ich denke mir noch im Stillen, dass ich sehr gut sein muss und du fickst in Wahrheit hinter meinem Rücken im weitläufigen Sinne fremd."

Ohne ein weiteres Wort zu verlieren, erhob er sich.

„Wechsel!", brüllte er in die Runde.

In die restliche Gruppe kam Bewegung.

Alle rannten durcheinander und machten Jagd auf den nächsten potentiellen Partner.

Ich blieb wo ich war und plötzlich stand Sven vor mir. Seine Blicke durchbohrten mich, dann kniete er sich zu mir und griff mir zwischen die Beine. Wütend hieb ich nach ihm.

„Verschwinde! Ich will nicht mehr!", brüllte ich ihn an.

„Gut, dass muss ich akzeptieren. Zum Glück sind hier noch willige Frauen. Man sieht sich demnächst oder auch nicht!"

Er stand auf und gesellte sich zu Josi, die bereits von Alex und drei anderen Kerlen bearbeitet wurde.

Sven fragte Alex etwas. Dieser nickte und warf mir einen kurzen Blick zu.

Super!

Nun machte der liebe Sven sich auch noch über meine beste Freundin her!

Ich schnappte wütend meine Kleidung und stürmte an ihm vorbei. Dreckig grinste er mich an und da brannte eine Sicherung bei mir durch. Ich stockte mitten im Schritt, drehte mich um, holte ohne Vorwarnung aus und versetzte ihm eine Ohrfeige.

So, die hatte gesessen!

Eilig wollte ich weiterstürmen und hatte die Rechnung ohne den Wirt gemacht.

Alex hielt mich am Bein fest und brachte mich so zu

Fall. Ich stürzte ziemlich unsanft, schrie auf und trat unkontrolliert nach ihm. Geschickt wich er aus und im gleichen Moment wurde ich am Arm hochgerissen.

„Du kleine Mistbiene! Spinnst du? Dir werde ich jetzt eine Tracht Prügel verschaffen! Komm her!"

Sven hatte mich im Klammergriff.

„Nimm deine Hände da weg und verschwinde!"

„Sicherlich nicht! Erst werden wir zwei hübschen ein mehr als ernstes Wort miteinander reden. Was denkst du dir eigentlich Sabrina? Wir befinden uns in einem Swingerclub und nicht im Kindergarten! Erinnerst du dich zufällig an den Kodex; alles kann, nichts muss?"

Verzweifelt blickte ich ihm in die Augen.

„Ja! Entschuldige bitte, ich weiß auch nicht, was mich vorhin geritten hat. Du hast völlig Recht. Ich möchte jetzt gehen. Würdest du mich bitte loslassen?"

„Nein! Strafe muss sein! Geritten hast du Alex und das ziemlich gut! Das passt mir überhaupt nicht in mein Konzept! Du kommst jetzt mit! Also? Freiwillig oder mit Gewalt?", fragte Sven nach.

Ich schluckte.

Inzwischen waren alle Anderen auf den Zwischenfall aufmerksam geworden und blickten mich an.

„Wenn, dann nur mit Gewalt! Ich liefere mich keinem Typen mehr freiwillig aus! Und nun, du Superheld?"

„Gut, du hast gewählt! Leider falsch!"

Siegessicher grinste er mir entgegen, lockerte den Griff und drehte mich um.

Bevor ich noch ein Wort von mir geben konnte, warf er mich über seinen Rücken und stiefelte los.

Hinter uns ertönte lautes Gelächter. Ich schlug auf ihn ein, was ihn nicht störte.

„Mistkerl, lass mich herunter! Ich beiße sonst zu!"

„Das bringt dir auch nichts!"

„Oh doch!"

Ich biss ihm in die Schulter, kratzte und zwickte.

Er gab einen kurzen Knurrlaut von sich.

„Vergiss es, denn ich werde davon nur geil! Erinnerst du dich?"

Wütend und resigniert gab ich auf und schon betrat er mit mir das SM-Zimmer.

Ich strampelte mit den Beinen.

„Was hast du mit mir vor? Nein!", gab ich von mir, als ich bemerkte, dass er mich vor dieses Kreuz stellte.

„Halt still, sonst tut es nur unnötig weh! Ich habe dich gewarnt!"

Geschickt befestigte er mich an den Lederriemen und zog diese ziemlich eng.

Ich flehte ihn an, mich loszumachen, doch er lachte.

„Sven! Bitte! Es reicht, dass ich mit dem Rücken zu dir stehe und nicht sehen kann, was du mit mir vorhast!"

„Musst du auch nicht! Du wirst es aber spüren! Soviel kann ich dir versprechen!"

Ich ergab mich in mein Schicksal und die Angst die in diesem Augenblick in mir hochstieg, trieb mir Tränen in die Augen. Ich war nackt und ihm ausgeliefert!

„Was haben wir denn hier? Peitschen! Scheint jemand vergessen zu haben! Passt gut in meinen Kram!"

Neben mir klatschte es und ich verspürte den leichten Luftzug, der von der Peitsche ausging.

Ich zuckte zusammen.

Sven blies mir langsam seinen Atem in den Nacken.

Stöhnend zog ich meine Schultern hoch und legte den Kopf zurück. Er hatte eine meiner erogenen Stellen entdeckt, die mich abgehen ließen wie Schmidts Katze.

Ich hörte ihn wissend lachen und schon ging es weiter.

„Sieh an, da liegt ja auch eine Pfauenfeder!"

Vorsichtig strich er mir damit über die Innenseite der

Schenkel und entlockte mir Töne der Verzückung, die ich nicht unterdrücken konnte. Langsam geriet ich in den Rausch einer Ekstase, gesteigert durch intensive Federführung seinerseits. Ich wand mich und zerrte an den Lederfesseln. Wieder verspürte ich seinen Atem in meinem Rücken und dann presste er sich an mich.

„Oh mein Gott! Was zum Teufel hast du vor? Ich hab mich doch entschuldigt! Bitte tu mir nicht weh!"

Sven gab keine Antwort und fuhr mit seiner Zunge an meinem Rückgrat entlang. Wenn er so weiter machte, konnte ich meine Gefühle nicht mehr kontrollieren.

„Wie ich an den Bewegungen erkennen kann, gefällt dir meine Behandlung. Ich wusste doch, dass du noch die eine oder andere erogene Zone versteckst!"

Sven machte weiter und zog auch hier alle Register. Mittlerweile hing ich mehr als das ich stand und schrie meine Lust heraus. Irgendwann konnte ich nicht mehr und bat ihn das Spiel zu beenden. Er lachte, was mich wütend machte.

„Verdammt! Hör jetzt auf! Du hast deine Genugtuung bekommen! Willst du, dass ich dich bis in alle Ewigkeit hasse? Lös mir endlich die Fesseln! Ihr Kerle seit euch alle gleich!", brüllte ich ihn an und erntete dafür einen Hieb mit der Peitsche.

Es war nicht zu fest, aber mir reichte es und ich schrie auf.

„Sei still oder willst du mehr!"

Ich gab keinen Mucks von mir.

„Ich habe dich etwas gefragt? Auch noch bockig!"

Und schon setzte es erneut was.

„Hör auf! Ich steh nicht auf solche Spielchen! Nein, ich möchte nicht mehr! Warum tust du das?", gab ich erstickt von mir.

Keine Antwort.

Minuten des Schweigens vergingen.

Es kam mir vor wie eine Ewigkeit.

Meine Kehrseite brannte inzwischen wie Feuer und dann hörte ich die Tür klappen.

„Sven? Bist du noch da?"

Nichts!

Wollte dieser Idiot mich hier einfach hängen lassen? Ich schloss meine Augen. Völlig hilflos hing ich in den Fesseln und langsam schliefen mir Arme und Beine ein. Außerdem fror ich. Brechreiz kam hinzu, der sich an Intensität steigerte. Ich würgte verzweifelt.

„Sven? Bitte!", rief ich verzweifelt.

Hinter mir bewegte sich jemand und dann spürte ich, wie Sven zuerst die Fesseln an den Füßen und dann an den Händen löste.

„Danke!"

Mehr brachte ich nicht heraus.

Als er mich zu sich drehte, gab mein Kreislauf auf und ich brach in seinen Armen zusammen. Mir wurde kurz schwarz vor Augen.

„Sabrina! Verflixt, dass wollte ich nicht! Mach deine Augen auf! Hörst du mich?"

Er klatschte mir ein paar Mal ins Gesicht und langsam kam ich wieder in die Wirklichkeit zurück. Vorsichtig legte er mich auf das Lederbett.

„Ich hole schnell etwas Wasser von unten! Bleib auf alle Fälle hier liegen! Nicht aufstehen!"

Ich nickte, zog meine Beine an und heulte los. Alles tat mir weh. Kurze Zeit später war Sven zurück.

„Hier! Wasser! Soll ich dir helfen!"

Ich schüttelte den Kopf, nahm die Flasche, die er mir reichte und setzte mich hoch. Mit einem Aufschrei fiel ich zurück und erntete einen fragenden Blick von ihm.

„Was ist los?"

„Dank dir kann ich mich nicht setzen! Es schmerzt!"
Vorsichtig drehte er mich um und sog die Luft scharf ein.

„Auweia! Ich glaube da habe ich arg zugeschlagen, was ich keinesfalls wollte! Da hilft nur Kühlung! Sicherlich kannst du für ein paar Tage nicht sitzen! Was machen wir jetzt?"

„Wir? Wohl eher ich! Danke du Sadist! Wenn ich mir das alles genau überlege, war es ein Fehler von mir in den Swingerclub zu gehen. Wie konnte ich nur so blöd sein und glauben, dass man sich hier in einen Typen ernsthaft verlieben kann und dies auch erwidert wird. Manchmal frage ich mich, ob alle meine Synapsen noch aktiv sind. Bitte geh und erkläre Josefine was passiert ist. Ich möchte heim, damit ich mich erholen kann."

„Sehen wir uns wieder?"

„Ich weiß nicht! Nein! Ich werde einen Club dieser Art in nächster Zeit nicht mehr von innen besuchen! Viel Spaß wünsche ich dir und Dankeschön, dass du mich so krass verarscht hast! Von wegen die Freundin im Hinterkopf und ich werde nur geil, wenn man mir den Rücken heftig zerkratzt! Wie erbärmlich du bist!"

Sven erhob sich und verschwand.

Heulend zog ich mich an und schlich nach unten, wo Olga mich erschrocken anblickte.

„Mein Gott, was ist denn mit dir passiert? Geht es dir gut?"

Ich schüttelte den Kopf.

„Nein! Am besten fragst du Sven oder wie auch immer er heißen mag. Inzwischen glaube ich, dass sogar sein Namen falsch ist, wie alles an ihm. Ob ich je wieder in den Club komme, kann ich nicht sagen. Josefine wird dich auf dem Laufenden halten", gab ich von mir.

Olga war sichtlich betreten.

„Celine hat mir eine Nachricht überlassen, die ich an dich weitergeben soll. Hier bitte!", mit diesen Worten überreichte sie mir einen Umschlag.

Josi erschien auf der Bildfläche.

„Was ist denn passiert? Sven ist fix und fertig und sitzt heulend im Kaminzimmer. Kein einziges, vernünftiges Wort habe ich verstanden. Er nannte deinen Namen und das es ihm leid tun würde."

„Ich erkläre es dir im Auto! Komm!"

Eilig schob ich sie nach draußen.

Olga verabschiedete sich von uns und ich sollte es mir doch bitte überlegen mit dem Wiederkommen.

Josefine verstand gar nichts und ich versprach sie auf der Heimfahrt aufzuklären.

Aufstöhnend setzte ich mich vorsichtig in den Sitz.

„Was war denn eigentlich los, Sabrina? Sven ist fix und fertig! Ich habe nur verstanden, dass er zugeschlagen hat."

Ich lachte.

„In dem Sinne hat er mich natürlich nicht geschlagen. Als Strafe, weil ich ihn so mies behandelt habe, wollte er mehr oder weniger spaßhaft eine kleine Züchtigung an mir vornehmen, die dann etwas heftiger ausgefallen ist, als beabsichtigt. Er fesselte mich ans Andreaskreuz und hat mit den diversen Peitschen hantiert. Leider unkontrolliert. Jetzt schmerzt mein Hinterteil. Ich war nur geschockt für den Moment. Im Nachhinein kann ich bereits über die Sache lachen. Ich hoffe nur, ich kann das alles vor Peter geheim halten", antwortete ich grinsend.

„Ach du Scheiße! Ich war schon besorgt, dass er dich ernsthaft verletzt haben könnte. Männer sag ich nur!"

„Ein bisschen Angst hatte ich schon, da ich ja mit dem

Gesicht zur Wand stand und nicht sehen konnte, was er da hinter mir veranstaltet hat. Stopp! Zurück! Mein Handy! Ich habe es im Club liegen lassen! Verdammt, auch das noch!", rief ich aus und Josefine stieg voll in die Bremsen.

„Mein Gott! Sabrina! Erschreck mich doch nicht so! Ich habe Wunder gedacht, was los ist! Okay, ich fahre zurück!"

Sie wendete und kurze Zeit später, standen wir da, wo wir kurz zuvor losgefahren waren.

Ich zögerte.

„Soll ich das Handy holen?", fragte Josi nach.

„Nein! Ich gehe und werde mich der Sache stellen! Bis gleich!"

Stöhnend stieg ich aus und huschte zur Tür, die bereits von Olga geöffnet wurde. Ich erklärte ihr um was es ging.

„Dein Handy liegt im Kaminzimmer. Allerdings sitzt Sven auch dort."

„Mir egal, ich bin gleich wieder weg!"

Schnell eilte ich durch den Raum, ignorierte Sven, griff nach meinem Handy auf dem Tisch und drehte mich zum Gehen um. Hart prallte ich auf ihn und schrie erschrocken auf. Unsere Blicke trafen aufeinander und mir wurde plötzlich flau im Magen. Ich schluckte und schloss für einen kurzen Moment, schnaufend meine Augen. Diese Gelegenheit nutzte er und nahm mich in die Arme. Ich zuckte zusammen und versteifte mich.

„Ich möchte mich entschuldigen. Es tut mir furchtbar leid und ich habe bisher nie eine Frau verletzt. Sehen wir uns wieder? Ich hab dich nicht angelogen! Bitte!"

Ich blickte ihn an und sah seinen verzweifelten Blick.

„Vielleicht! Versprechen werde ich nichts! Leb wohl!"

Schnell entwand ich mich aus seiner Umklammerung,

eilte an Olga vorbei, die mir zuzwinkerte und stürmte hinaus.

Ich war in meinen Gefühlen Hin und Her gerissen.

„Gute Entscheidung! Richtig hast du gehandelt! Männer sind alles Schweine und notgeil!", flüsterte Engelchen mir zu.

„Du erst wieder! Immer hetzen und stänkern! Wir sind nicht im Wunschkonzert! In ihrem Alter muss Frau zusehen, was sie an Land ziehen kann!", ergänzte Teufelchen.

„Haltet endlich die Klappe, ihr Beiden! Euer Gelaber geht mir auf die Nerven! Ich werde ihn mit Sicherheit wieder sehen! Nur nicht in den nächsten Wochen! Strafe muss sein und zappeln lassen, hat noch keinem Mann geschadet!", gab ich bestimmend von mir.

Auflachend stieg ich ins Auto zu Josefine, die mich entgeistert anguckte.

„Alles klar bei dir?"

„Ja, alles in Ordnung! Übrigens hat mir Olga vorhin einen Brief von Celine überreicht. Ich denke mir, sie hat Hilfe nötig. Heute ist es zu spät dafür und ich bin froh, wenn ich endlich in mein Bett komme. Peter ist ab morgen für zwei Wochen auf Messe. Zum Glück! So sind meine Wunden am verlängerten Rücken bis er wieder kommt verheilt und wir können schalten und walten, wie wir möchten. Am Besten wird sein, du kommst morgen Nachmittag vorbei und wir bereden was in dem Brief steht."

„Celine ist nicht zu beneiden, mit diesem Fiesling von Ehemann. Falls nötig, bekommen wir den auch klein, so wie Werner!", gab sie lachend von sich.

Ich nickte.

Eine Stunde später waren wir zuhause. Ich stieg aus,

wünschte Josi gute Heimfahrt und schlich leise in die Wohnung.

Peter schien bereits zu schlafen.

Erleichtert zog ich mich aus und machte mich auf den Weg zur Dusche. Mein ganzer Körper lief nach den vorangegangenen Geschehnissen immer noch extrem auf Hochtour und ich wünschte mir trotz Schmerzen, einen kleinen Fick als Abschluss. Ich grinste vor mich hin.

Auf halbem Weg ins Bad griff eine Hand nach mir.

Erschrocken schrie ich.

„Leise! Ich bin es nur! Peter!"

„Mein Gott! Hast du einen Knall mich im Dunkeln so zu erschrecken! Ich denke du schläfst und hast eine anstrengende Fahrt vor dir? Was willst du?", gab ich wütend von mir.

„Dich!", gab er von sich.

Schon zog er mich Richtung Badezimmer.

Alles in mir sträubte sich.

Was sollte das jetzt?

Es schien, als wenn seine Arbeitskollegin ihn kurz vor seiner Abreise nicht rangelassen hatte. So war das also! Der Herr hatte Druck, den er bei einem anderen Loch loswerden wollte.

Auf keinen Fall durfte er die Striemen auf meinen Po sehen, sonst flog alles auf.

Angewidert übernahm ich die Initiative und schob ihn rückwärts ins Schlafzimmer. Bemüht, dass er meinen Rücken nicht zu Gesicht bekam.

Bevor er das Licht anknipsen konnte, bugsierte ich ihn aufs Bett. So fiel mir auch das, was ich gleich mit ihm abziehen würde, leichter.

Er war bereits nackt und als meine Hände über seinen Körper strichen, hatte er bereits einen Ständer.

Rache ist süß!

Das Schauspiel konnte beginnen!

„Oh Peter! Schön, dass du es mir nach all der langen Zeit, kurz vor deiner Abreise noch einmal so richtig besorgen willst! Wie hart dein Schwanz schon ist!"

„Sabrina ich werde es dir so besorgen, dass du für die nächsten zwei Wochen, in denen ich auf Messe bin, nicht mehr klar denken kannst. Auch für all die Zeit davor, werde ich dich entschädigen! Nun komm und nimm ihn in den Mund!"

Mistkerl!

Am liebsten hätte ich ihm für diese Lügen, den Mund mit Seife ausgewaschen.

Langsam beugte ich mich zu ihm hinunter, nahm sein Teil und ließ meine Zunge geschickt darüber gleiten. Peter stöhnte verhalten auf und verkrallte sich heftig in meine Haare.

„Oh Baby! Jaaa! Wie geil! Du machst mich jetzt schon fast verrückt! Wenn ich gewusst hätte, dass du so gut blasen kannst, dann hätte ich......", er verstummte.

„.....meine Kollegin nie gevögelt! Wolltest du mir das sagen, Peter? Ich weiß schon lange Bescheid! Jetzt halt die Klappe und lass mich machen! Ich hoffe nur, dass du es mir genauso gut besorgen kannst", ergänzte ich.

Er stutzte kurz und ich bearbeitete ihn weiter. Ich zog alle Register und dann kam es ihm. Pulsierend ergoss sich sein Sperma über meine Hand.

„Sabs, ich möchte dich jetzt spüren. Bitte! Wahnsinn, was du mit mir veranstaltet hast! Zum Glück habe ich noch ein paar Schuss und kann es dir richtig geben!"

Keuchend griff er nach mir und brachte mich in die Horizontale. Ich grinste, was er allerdings im Dunkeln nicht sehen konnte.

Strike!

Eins zu Null für mich!

„Nun dann überrasche mich! Komm!"

Ich griff nach ihm und zog ihn näher zu mir.

Langsam öffnete ich meine Beine. Peter machte sich kurze Zeit später keuchend an meinen Schamlippen zu schaffen. Nun bekam ich doch noch meinen Fick zum Abschluss. Während ich mir Sven vor dem geistigen Auge vorstellte, bekam ich den ersten Orgasmus.

Ich stöhnte und feuerte Peter an.

Er gab sein Bestes, doch kam er nicht an Sven heran.

„Sabs, ich muss jetzt kurz aufhören, sonst kommt es mir und ich möchte es dir noch mal richtig von hinten besorgen. Du bist ein geiles Stück und damit habe ich am wenigsten gerechnet. Ich hol mir in der Küche was zu trinken. Möchtest du auch etwas?"

Da ich auf dem Rücken lag und er diesen nicht sehen konnte, knipste ich das Licht an.

Blinzelnd schaute ich ihm in die Augen.

„Ein Getränk wäre jetzt sehr willkommen. Du warst auch nicht ohne. Ich wusste ja gar nicht, dass du so ausdauernd sein kannst. Beeil dich."

Peter sprang aus dem Bett, kam kurz darauf mit kalter Limonade zurück und hielt mir ein Glas hin.

„Danke!", ich prostete ihm zu und trank.

„Weiter?", fragte er und legte sich auf den Rücken.

Ich nickte und stellte das Glas auf den Nachttisch.

„Was hast du jetzt vor? Welche Stellung?", fragte ich.

„Reiterstellung! Danach würde ich gerne mit dir die Doggystellung ausprobieren!"

Schau einer an! Dieser verlogene Mistkerl kannte sich wohl auch sehr gut in der Szene aus.

Ich stellte mich dumm.

„Doggystellung? Nie gehört? Was ist das?"

Er lachte.

„Vielleicht sagt dir von hinten etwas!"

„Oh! Bitte nicht in den Po!", gab ich gespielt von mir.

Innerlich grinste ich vor mich hin.

Wenn er wüsste!

„Nein! Keine Angst! Von hinten in deine Muschi! Ich komme da sehr tief und das törnt mich an!"

Ich nickte mit dem Kopf.

Oh ja, dachte ich bei mir. Du kommst bei deiner Kuh aus der Firma sicher tief und es törnt dich an, wenn du sie vögelst.

„Aber ohne Licht! Ich möchte nicht, dass du meinen Po siehst!", gab ich empört von mir.

„Ohne Licht mein Lämmchen! Versprochen, wenn du jetzt das Licht in der Reiterstellung anlässt und ich dir beim Fick zusehen kann, wie es dir so richtig kommt! Und nun besteig mich endlich!", gab er von sich.

Während unseres Dialoges hatte er sich bereits wieder auf standby gebracht und sein Schwanz stand wie eine Eins. Ich feixte mir eins und brachte mich über ihn in Stellung.

„Nun mach schon, ich bin geil! Wäre schade, wenn ich abspritzen müsste, ohne in deine geile Fotze gefickt zu haben."

„Ich denke Loch ist Loch für dich!", hakte ich nach.

„Ist es auch! Aber deines kommt mir gerade recht um meinen Druck loszuwerden! Besteig mich!"

Ich ergriff seinen Ständer, schob die Vorhaut hin und her, bis er stöhnte und führte ihn dann ganz vorsichtig ein.

„Halt still! Ich werde deine Brüste massieren und ich möchte, dass du deinen Gefühlen freien Lauf lässt und mich dabei anblickst."

Seine Finger spielten gekonnt an meinen Warzen und meine untere Region geriet in Ausnahmezustand. Ich schloss die Augen, fing an mich im Rhythmus auf ihm zu bewegen, was er immer wieder vereitelte, indem er mich fest nach unten drückte.

„Nein! Lass es! Schau mich an dabei!"

Keuchend blickte ich ihm in die Augen. Als er meine Brüste dann auch noch knetete und mit dem Mund stimulierte, war es mit meiner Beherrschung vorbei. Da es mir früher oder später kommen würde und das sicherlich nicht geräuschlos, gab ich meinen Gefühlen freien Lauf. Ich beugte mich nach vorne und ließ mich von Peter küssen, während ich mir Sven vor Augen hielt. Peter stieß ein paar Mal heftig zu und ich bekam mehrere Orgasmen hintereinander. Nun ließ er mir endlich freien Lauf und da ich in Wallung geraten und geil wie Nachbars Lumpi war, kamen wir gleichzeitig zu unserem Recht. Ich schrie und verkrallte mich in seine Schultern, während er sich pulsierend in mich ergoss.

„Du geiles Stück! Los dreh dich um, damit ich es dir von hinten besorgen kann! Schnell, bevor er komplett erschlafft!"

Während ich von ihm stieg, knipste ich die Lampe aus um die gewünschte Stellung einzunehmen. Peter zog mich eilig an sich, da es ihm zu lange dauerte und spießte mich regelrecht auf. Ich zuckte zusammen und schon wurde ich mit heftigen Stößen bearbeitet.

„Jaaaa! Ohhhh! Bück dich tiefer! Jaaaaaa! Gut so! Halt doch still, dass ficken übernehme ich für dich! Gleich! Ist das geil! Es kommt mir! Jetzt! Ich spritzeeee! Ja! Ja! Und noch ein Stoß! Ahhhhh!"

Wir kamen erneut zur gleichen Zeit und ich genoss es, obwohl mir die Striemen an meinem Hintern mehr als schmerzten. Pulsierend gab er seinen Samen von sich. Keuchend zog er sich aus mir und hielt mich an den

Hüften fest.

„Bleib! Es geht gleich weiter! Ich habe eine besondere Überraschung für dich! Auf keinen Fall darfst du deine Stellung verändern!", gab er von sich und dann hörte ich, wie es hinter mir raschelte.

Was hatte er jetzt vor?

Während mir dieser Gedanke durch den Kopf schoss, fühlte ich seine Hand an meinem Po.

„Erschrick jetzt nicht! Ich führe dir jetzt etwas ein und du wirst vor Wonne vergehen. Eigentlich wollte ich es dir schon letzte Woche geben."

Und schon spürte ich seine Überraschung, die er sanft in meine Möse schob. Ich zuckte leicht zusammen.

Dildo!

Dieser Idiot hatte tatsächlich einen Dildo gekauft!

Ich musste mich zusammenreißen um nicht laut zu lachen.

Meine Nerven! Wenn er wüsste, was ich seit Tagen so heimlich veranstaltete.

„Damit du dich nicht alleine fühlst, wenn ich für zwei Wochen auf der Messe bin und du Verlangen nach mir hast. Eine Art Entschädigung", gab er von sich und im selben Moment stellte er das Ding an.

Brummend und rotierend kam es in Fahrt, während er mit der Hand dabei nachhalf um es in Stellungen zu bringen, die mir erneut Orgasmen bescheren sollten. Zu meiner Schande musste ich mir eingestehen, dass es mir gefiel und dann hatte er den berühmten Punkt erreicht, von dem ich glaubte, ihn nie zu besitzen. Ich kollabierte fast und schrie vor Geilheit.

„Gut so? Ich denke schon! Wenn du es von vorne so richtig bekommen möchtest, dann sag es mir und ich mache weiter."

Ich stöhnte und flehte ihn keuchend an, mir es weiter

zu besorgen.

Langsam zog er den Dildo aus mir und ich nahm die Missionarsstellung ein.

Peter lachte und knipste das Licht an.

„Du gehst ja ganz schön ab. Sollte ich doch eine kleine versaute Frau zuhause haben? Es scheint so! Ich führe ihn dir wieder ein und möchte auch hier dein Gesicht sehen, wenn es dir kommt."

„Halt endlich die Klappe und gib es mir!"

Entnervt streckte ich mich ihm entgegen.

Er lachte, rutschte nach unten und fing an mich mit dem Mund zu befriedigen.

Ich wand mich und stöhnte. Kurz darauf schob er mir den Dildo in die Muschi und dieser schien wohl, was die Vibration anging, stufenlos verstellbar zu sein. Es kam mir dauerhaft und ich verlangte nach mehr, was ich auch bekam.

Peter schob sich irgendwann über mich und schien wohl durch die Aktion, selbst wieder geil geworden zu sein. Er besorgte es mir abwechselnd mit Dildo und Schwanz und irgendwann konnte ich nicht mehr.

Keuchend, verschwitzt und völlig ausgepowert, lagen wir kurze Zeit später nebeneinander.

„War das ein Ritt! Besser als mit meiner Kollegin! Was bist du doch für ein geiles Biest, Sabs! Sorry, aber das musste ich erwähnen", gab er lachend von sich.

„Ist Loch, jetzt immer noch Loch für dich, Peter?", fragte ich nach.

„Jetzt nicht mehr, nach diesem Sex mit dir."

„Tja, da hast du Pech! Schwanz ist für mich Schwanz! Nach den vielen, die heute in mir steckten, bist du auf der Bewertungsskala eine schlechte Neun. Selbst der Dildo hat eine bessere Note als du verdient! Nun ist es heraus, mein Lieber! Seit ein paar Tagen bin ich fleißig beim Swingen und ich genieße es. Bleib du mal schön bei deiner Kollegin, ich habe keinen Bedarf mehr an dir. Viel Spaß auf der Messe!"

Sarkastisch warf ich ihm die Worte an den Kopf.

Peter wurde von einer Sekunde zur anderen blass und starrte mich entgeistert an.

„Du gehst fremd? Ist das dein Ernst?"

„Klar! Du vögelst doch auch schon seit Jahren deine liebe Kollegin und wer weiß, wen noch! Wie sagst du immer? Gleiches Recht für alle! Mir wurde es heute von mehreren Kerlen mit riesigen Schwänzen besorgt. Ich hab auch die dazugehörigen Fesselspielchen und die Peitschenhiebe genossen! Richtig geil bin ich da geworden! Das mit dir gerade war nur Pillepalle!", warf ich ihm entgegen.

Langsam stand ich auf und machte mich auf den Weg in mein persönliches Reich. Entschlossen zog ich die Tür zu und schloss ab.

So!

Fronten geklärt!

Der Rest würde sich ergeben!

Peter war seit gut zwei Wochen auf diesem komischen Seminar und hatte versucht mich täglich zu erreichen. Bewusst hatte ich seine Telefonate ignoriert, bis mich Claire, seine Abteilungsleiterin anrief.

„Peter hat mich dringend gebeten, dir eine Nachricht zukommen zu lassen. Er meinte, er kann dich weder auf Handy noch auf dem Privatanschluss erreichen. Er hat wohl eine wichtige Akte vergessen, die er morgen dringend benötigt. Kannst du sie hier vorbeibringen?"

„Ja kann ich gerne machen, Claire. Ich wollte sowieso noch einiges in der Stadt erledigen. Bis nachher", gab ich von mir und verschwand in den Keller, wo sich das Büro meines Mannes befand.

Die Akte war schnell gefunden und während ich sie aus dem Regal zog, fielen einige Fotos heraus, die ihn mit seiner Sekretärin und weiteren Frauen zeigte. Alle in eindeutigen Posen.

„Verdammter Dreckskerl", entrutschte es mir.

Wütend raffte ich die Bilder zusammen und wollte sie diesem Miststück Samantha unter die Nase reiben.

Eine halbe Stunde später stand ich in seiner Firma.

„Claire? Hallo? Wer da?", machte ich mich bemerkbar.

„Hier hinten, Sabrina! Im Kopierraum!", rief Claire.

Ich folgte der Stimme und stand Sekunden später vor ihr.

„Gott sei Dank, dass ich dich erreicht habe. Die Akte ist sehr wichtig", atmete sie erleichtert auf.

„Genauso wichtig wie Peters Gespielinnen auf den Fotos", gab ich von mir und weihte Claire ein.

Entsetzt überflog sie die Bilder und schüttelte nur mit dem Kopf.

„Krass! Das hätte ich Samantha nicht zugetraut! Peter ja! Im Büro ist keine Frau sicher vor ihm. Alles okay bei dir?", wollte sie wissen.

Ich nickte.

„Wo ist Samantha?", hakte ich nach.

Claire schaute mich fragend an.

„Ja, weißt du denn nicht, dass sie mit Peter auf diesem Seminar ist? Ach, jetzt wird mir anhand dieser Bilder so einiges klar!"

„Samantha ist was? Dieses kleine, elende Miststück! Wer bringt eigentlich die Akte dorthin?", fragte ich.

„Torsten, der Bote für solche Fälle", sagte Claire.

„Ruf ihn bitte und schicke ihn ins Büro von Peter. Ich habe mit ihm etwas zu klären."

Claire nickte und verschwand.

Ich grinste wissend in mich hinein.

Torsten!

Nicht zu verachten, der Junge und besonders scharf auf mich. Schon ein paar Mal hatte er mir Avancen in diese Richtung gemacht. Heute würde ich sie für mich nutzen und er würde mir aus der Hand fressen.

Grinsend setzte ich mich mit überschlagenen Beinen an den Schreibtisch meines Mannes und ließ den Rock extrem weit nach oben rutschen.

Es klopfte.

„Herein!", rief ich und schon stand Claire mit Torsten vor mir, der mich gierig abcheckte.

„Dankeschön Claire. Ich bin zwar keine Chefin hier, aber könntest du ausnahmsweise einen Kaffee für uns kochen? Torsten und Sie, nehmen auf der gemütlichen Konferenzcouch Platz. Ich habe ein Attentat vor und hoffe auf Ihren Beistand."

Er nickte, eilte zur Couch, setzte sich und taxierte mich weiter.

Warte Freundchen, dachte ich mir, drehte den Stuhl in seine Richtung, nahm eine normale Sitzposition ein und spreizte meine Beine gerade so weit, dass er den

Spitzenansatz meiner Strümpfe sehen konnte.

Mein Gegenüber bekam große Augen und versuchte angestrengt weitere Einblicke zu gewinnen.

Typisch!

Eindeutig schwanzgesteuert!

Mann eben!

Damit er das Interesse nicht verlor, nahm ich einen Stift vom Schreibtisch, spielte damit und ließ ihn wie unbeabsichtigt zwischen meine Füße fallen.

Torsten sprang auf, als habe er nur darauf gewartet und kniete kurze Zeit später regelrecht mit Ausblick in meinen Schritt um den Stift hochzunehmen. Ich reizte die Sache aus und spreizte meine Beine noch etwas weiter, damit er nun auch Einblick auf mein Höschen nehmen konnte.

Ich hörte ein verhaltenes Stöhnen von seiner Seite und wusste, dass ich ihn so gut wie an der Angel hatte.

Es klopfte.

Torsten schrak hoch, erhob sich, reichte mir sichtlich verstört den Stift und nahm eilig auf der Couch Platz.

Ich nahm meine Ausgangsstellung ein.

„Herein!"

Claire brachte den gewünschten Kaffee und ich bat sie, ihn auf den Konferenztisch abzustellen.

„Sabrina ich eile schnell in die Mittagspause und bin in einer Stunde zurück. Falls du noch etwas benötigst, kennst du dich ja hier im Büro aus."

Ich nickte.

„Danke Claire, bis dann."

Sie zwinkerte mir unauffällig zu und kurz darauf war sie verschwunden.

Ich erhob mich und schritt auf mein Opfer zu.

Wie selbstverständlich ging ich ins *Du* über.

„Torsten ich werde dir erklären um was es sich in

diesem Fall handelt und möchte dich bitten, dass du mich dorthin fährst. Es soll nicht dein Schaden sein und ich werde mich deutlich erkenntlich zeigen."

Er nickte und ich leckte mir lasziv über die Lippen. Ohne auch nur einen Blick von ihm zu wenden, goss ich eine Tasse mit Kaffee voll und reichte sie ihm. Zitternd nahm er sie entgegen.

„Ach, dass Wichtigste habe ich vergessen! Moment, es liegt in der Akte meines Mannes. Ich bitte dich um absolute Diskretion über das, was ich dir zeige."

Er nickte geschäftig, ich nahm die Fotos an mich und eilte zurück. Abwartend blickte er mich an. Kurze Zeit später, hatte ich ihm erklärt um was es sich handelte und das ich meine Ehe retten wollte.

„Dazu benötige ich unbedingt deine Hilfe", gab ich hilflos schluchzend von mir.

Er fiel voll darauf herein, schimpfte Samantha eine miese Schlampe, die es mit jedem aus dem Büro trieb und versprach mir, alles ins Lot zu bringen. Gespielt wütend knallte ich die Fotos auf den Tisch, dass sie teilweise auf der anderen Seite nach unten fielen. Sprang auf, bückte mich sehr weit nach vorne und präsentierte alles, was man so in dieser anrüchigen Stellung präsentieren konnte. Wie ich erhofft hatte, durchschaute er meinen Trick nicht und schon spürte ich seine Hand in meinem Schritt. Ich hielt still und gab einen lauten Seufzer von mir.

„Oh ja, Torsten. Ich glaube, dass brauche ich jetzt. Ein kleines bisschen Aufmerksamkeit von einem anderen Mann. Wenn du möchtest, darfst du deine Zuneigung in dieser Stellung beweisen. Wir haben gut eine Stunde Zeit. Möchtest du mein Höschen ausziehen?", fragte ich.

Hinter mir ertönte nur ein Grunzen und dann fing er

an, mich mit beiden Händen zu bearbeiten.

„Bleib so, Sabrina. Wie lange habe ich davon geträumt, es dir hier im Büro, auf dem Tisch so richtig besorgen zu können. Ich verehre dich, seit ich dich das Erste Mal gesehen habe und du warst in all den Nächten Gegenstand meiner feuchten Träume", gestand er.

Ich musste mir ein Lachen verkneifen und dachte nur, dass ich mehr oder weniger, genauso eine verdorbene Schlampe, wie Samantha war.

Egal!

Der Zweck heiligt bekanntlich die Mittel!

Torsten war jung und hatte mir sicher mehr zu bieten, als so ein alter Bock, wie Peter.

Kaum zu Ende gedacht, zog er meinen Höschen nach unten und fing an mich zu lecken.

Ich stöhnte und spreizte meine Beine weiter.

Torsten beherrschte es perfekt und kurze Zeit später hatte ich den ersten Orgasmus.

Ich wollte mehr, bat ihn, sich auszuziehen und auf die Couch zu legen.

Nachdem auch ich mich entkleidet hatte, sah ich es, dieses Prachtstück voll Lebenslust. Hoch aufgerichtet und prall streckte es sich mir entgegen. Ich stöhnte, ging in die Knie und fing an ihn mit meinem Mund zu bearbeiten.

„Sabrina! Hör sofort auf, sonst bin ich eher fertig, als du denkst! Oh mein Gott, bist du ein Vollblutweib!"

Keuchend drückte er meinen Kopf zurück.

Ich rieb mich noch ein paar Mal an ihm und ließ los.

Langsam stand ich auf und setzte mich über ihn.

„Ich denke du wist mir nun den heißesten Ritt meines Lebens verschaffen, Torsten", sprachs und versenkte sein bestes Stück in mir.

Keuchend und stöhnend ging es zur Sache.

Er konnte nicht genug bekommen, ritt mich wie der Teufel, brachte mich zu mehreren Höhepunkten und ergoss sich so heftig, dass ich es in mir verspürte.

Völlig verschwitzt lösten wir uns voneinander, standen auf und zogen uns an. Ein Blick auf die Uhr, ließ mich erschrocken zusammenzucken. Die Mittagspause von Claire war bereits seit einer halben Stunde um. Ich strich mir Haare und Kleidung glatt und machte mich auf den Weg zu ihren Büroräumen.

Ich klopfte und trat ein.

Claire sah hoch und grinste.

„Wie ich sehe, hast du die Mittagspause genossen und nicht ungenutzt verstreichen lassen. Peter hat bereits ein paar Mal angerufen. Wo ist Torsten?"

„Er wird mich zu Peter mit der Akte chauffieren! Ich habe mit meinem Mann noch etwas zu bereden!"

„Viel Spaß! Bring mir Torsten wieder heil zurück", gab sie von sich.

Claire hatte verstanden.

Ich lachte und verschwand augenzwinkernd.

Kurz darauf waren wir auf dem Weg in das Hotel, wo dieses Seminar stattfand.

Für Peter würde es ein Schock werden.

Für mich eine Genugtuung.

An der Rezeption fragte ich nach meinem Ehemann, der Zimmernummer, dem Schlüssel und erntete einen erstaunten Blick.

Mir war sofort alles klar.

Samantha gab sich als seine Ehefrau aus.

Räuspernd und verhalten wurde sie mir genannt, der Schlüssel überreicht und dann begab ich mich auf den Weg nach oben.

Torsten folgte mir und kurz darauf standen wir vor

dem Hotelzimmer. Ich lauschte und glaubte Stöhnen und spitze Schreie vernommen zu haben. Wütend schloss ich auf und trat mit meiner Begleitung ein.

Suite!

Peter hatte doch tatsächlich für sich und diese Schnalle eine Suite gebucht. Mir erklärte er immer, dass sei so etwas von unnötig. So ein mieser Dreckskerl! Lachen klang aus einem der Räume und dann hörte ich wieder dieses Stöhnen.

„Yeah Baby! Zeigs mir! Jaaaaa! Schneller! Es kommt! Gott verdammt es kommt!", hörte ich Peter schreien und dann erklangen erneut die spitzen Schreie meiner Kontrahentin.

„Ja! Jaaa! Gib mir Peitsche und Sporen!", kreischte sie.

Ich sah Torsten an, verdrehte meine Augen und wollte mich bemerkbar machen. Er schüttelte mit dem Kopf, zog mich ins offene Badezimmer und öffnete ganz langsam seine Hose. Verwirrt blickte ich ihn an, bis ich schnallte, was er von mir wollte.

„Komm einen schnellen Quickie! Ich bin scharf! Heb deinen Rock an und beuge dich über die Badewanne! Was die Beiden können, beherrschen wir auch perfekt. So kannst du es ihm heimzahlen ohne dass er weiß, dass du hier bist. Der Gedanke hat doch etwas, wenn wir alle vier unabhängig voneinander kommen. Also?"

Ich nickte hob den Rock, zog meinen Slip nach unten und beugte mich nach vorne. Warum nicht! Was Peter durfte, dass konnte ich schon lange.

Während ich mir noch Gedanken machte, dass man uns doch erwischen könnte, drang Torsten in mich ein und stieß wie ein Wilder zu. Ich quiekste auf und hörte Peters Stimme, die bei Samantha nachfragte, ob sie das eben auch gehört hätte. Diese verneinte und fragte, ob er Gespenster hören würde.

Verzweifelt versuchte ich Torsten abzuwehren.

Ohne Erfolg! Er rammelte einfach weiter und genoss diese Situation sichtlich, während ich versuchte meine Orgasmusschreie zu unterdrücken.

Inzwischen ging es im Schlafraum zwischen Samantha und Peter auch recht munter zur Sache und tatsächlich kamen wir vier unabhängig voneinander, gleichzeitig zu einem Höhepunkt.

Torsten bekam nicht genug von mir und bearbeitete mich kräftig weiter.

„Bitte hör auf! Wir können noch einen Zwischenstopp auf der Heimfahrt einlegen und du besorgst es mir im Auto. Ich möchte nicht auffliegen", flüsterte ich im zu.

Er zog sich langsam aus mir zurück.

Wir beeilten uns, die Kleidung zu ordnen.

Keine Sekunde zu früh, denn kurz darauf stand Peter nackt vor uns.

„Verdammt! Was ist hier los! Sabrina! Torsten?"

Ich grinste ihn an.

„Das wollte ich dich auch gerade fragen? Was fällt dir eigentlich ein, diese Schlampe von Sekretärin als deine Frau auszugeben? Hast du kein bisschen Schamgefühl mehr? Hier die verdammte Akte und deine mehr als aufklärenden Fotos! Wir beide haben einiges zu klären wenn du nachhause kommst! Wünsche dir noch gute Ficks mit deiner Schnalle!"

Nach diesen Worten, schmiss ich die Zimmerschlüssel vor seine Füße und verließ das Hotel.

Torsten eilte hinter mir her.

„So warte doch! War doch super! Jedenfalls kann uns keiner diesen Quickie mehr nehmen! Wenn dein Alter wüsste! Was machen wir mit dem angebrochenen Tag? Hast Lust auf einen Abstecher in den Swingerclub?"

Ich stockte im Schritt und drehte mich erstaunt um.
„Auf einen was? In welchen Szenenlokalen treibst du dich eigentlich herum? Wenn ich es mir recht überlege ist das eine gute Idee! Ich weiß auch in welchen wir da gehen können. Gemütliches Ambiente und sehr nette Leute. Okay! Auf zum Poppen!", gab ich von mir und zog Torsten auf die Ladefläche des Wagens, „vorher möchte ich noch einen richtigen Fick mit dir und nicht so einen Kurzquickie wie vorhin. Nun mach endlich!"
Er lachte, legte mich im wahrsten Sinne des Wortes flach und nestelte an meinen Blusenknöpfen. Es folgte der BH und dann schob er langsam meinen Rock nach oben. Ich stöhnte verhalten, als er an meinen Brüsten saugte und sich dann nach unten vorarbeitete. Mit den Zähnen zog er meinen Slip aus und schon begann er, mich flink mit seiner Zunge zu bearbeiten. Ich verfiel regelrecht in einen Rausch und genoss. Bevor ich zum Höhepunkt kam, ließ er von mir ab und forderte mich auf, nun auch ihn ordentlich zu bearbeiten.
„Wie möchtest du es haben?", hakte ich nach.
„Von jedem etwas und vor allen Dingen heiß und sehr feucht", gab er grinsend zurück.
Ich nickte und begann seine Eichelspitze intensiv mit meiner Zungen zu bearbeiten. Gedanklich schweifte ich bereits ab und fragte mich insgeheim, ob ich heute noch auf Sven treffen würde. Nach dem kleinen Unfall waren zwei Wochen vergangen, an dem ich ihn nicht gesehen hatte. Josefine berichtete mir jedes Mal nach ihren Besuchen im Club, dass er dauerhaft nach mir fragen würde.
„Sabrina! Verdammt, was machst du denn da? Willst du mir das Ding abbeißen? Wo bist du nur mit deinen Gedanken?", brüllte Torsten schmerzvoll auf.
Mit Nachdruck zog er meinen Kopf von seinem Teil.

Ich erschrak.

„Entschuldige, dass wollte ich nicht! War gerade so in meinem Element!"; gab ich geknickt von mir.

„Ich denke es ist das Beste, wenn ich dich von hinten nehme und so richtig vögle. Dreh dich um."

Ich gehorchte. Präsentierte ihm die Doggystellung und spreizte meine Beine ganz weit.

Torsten rieb mich mit Gleitcreme ein und bearbeitete sämtliche Regionen meiner Kehrseite. Ich stöhnte und wand mich. Als ich vor Geilheit nur so tropfte, stieß er tief in mich und schon ging es los.

„Baby ein kleiner Trip mit einer härteren Gangart wird dir die Flausen aus dem Kopf vertreiben. Wenn es für dich zu hart wird, sag es mir. Kann ich jetzt loslegen?"

Ich war neugierig geworden und nickte.

Er verkrallte sich mit einer Hand in meine Haare und zog meinen Kopf leicht nach hinten. Mit der anderen schlug er gezielt auf die rechte Pobacke und warf mir obszöne Wörter an den Kopf. Diese Prozedur bekam ich abwechselnd zu spüren, es gefiel mir, ich bewegte mich im Takt, als er sich plötzlich aus mir entfernte.

„Was soll das denn? Ich war gerade beim Kommen!", gab ich enttäuscht von mir.

„Es geht gleich weiter du geiles Stück! Ich möchte dir vorher ein paar grundlegende Spielregeln erläutern. Du wirst dich ganz ruhig verhalten, solange ich dich reite. Den Ton bei diesem Ritt gebe ich an, denn das macht mich unwahrscheinlich scharf und ich kann sehr lange. Das ist ein kleiner Tick von mir. Es kommt auch dir zugute, wenn du es befolgst. Ach, dass hätte ich fast vergessen? Ich habe hier ein kleines entzückendes Teil in deiner Handtasche gefunden und werde es mit in unser Spiel einbringen. Mister Dildo. Der Freund aller Frauen, wenn Not am Mann ist. Ist das okay für dich?

Wenn ja, legen wir gleich los. Diesmal mit Musik für den perfekten Takt bis zum Abspritzen."
Torsten lachte, schaltete das Radio ein und sah mich abwartend an. Ich nickte zur Bestätigung, ging in die vorherige Stellung und wartete.
Das Spiel begann erneut.
Diesmal blieb sein Lörres außen vor und zwischen lecken, lutschen und beißen, gab er es mir mit meinem Dildo richtig fest. Ich hielt mich an seine Anweisung, dass nur er die Führung übernahm, verhielt mich mehr als passiv und kam trotzdem auf meine Kosten. Ich war fix und alle, als er meinen Dildo entfernte und mir seinen Speer von hinten mit Nachdruck einführte und im Takt der Musik ein mehr als hartes Bombardement bescherte. Ich schrie vor Lust auf und dann kam der Befehl, dass ich ihn besteigen sollte. Er glitt aus mir, legte sich auf den Rücken und ich stürzte mich auf ihn als könnte ich etwas verpassen. Schnell saß ich über ihm und ließ sein pralles Ding blitzschnell in meine Möse gleiten, als würde es jemand wegnehmen wollen. Ich verschlang ihn regelrecht und es hielt mich nichts mehr auf. Wir schrieen und vögelten um die Wette. Er nahm meine Brüste in seine Hände und reizte mich so noch mehr an, indem er meine Warzen streichelte und abwechselnd in den Mund nahm.
Wir waren beide so in Rage, dass wir nicht bemerkten, dass sich bereits ein kleiner Pulk Leute vor dem Auto versammelt hatte und sich fragte, was im Innern des Wagens wohl vor sich ging.
Mir kam es gerade, als eine Polizeistreife unser Tun mit einem Schlag beendete. Höflichst wurden wir von den Beamten aufgefordert unseren Beischlaf zuhause weiterzuführen.
Torsten lachte und entschuldigte sich, während ich vor

Scham im Erdboden versank. Einer der Polizisten war ein alter Bekannter aus dem Swingerclub. Er grinste süffisant und zwinkerte mir unbemerkt zu.

Na toll!

Ich zog mich rasch an und verschwand ganz schnell auf dem Beifahrersitz.

Die umherstehende Menge hatte sich aufgelöst und so blieb nur noch die Streife.

„Schönen Abend noch und gute Heimfahrt! Ach und bitte denken sie doch das nächste Mal daran, zuhause im Bett ist es gemütlicher", gab der Polizist von sich.

Torsten bedankte sich.

„Schöner Mist! Nicht mal beim Ficken hat man seine Ruhe! So etwas nennt man Coitus Interruptus. Ich war gerade dabei, dir alles in die Möse zu spritzen."

„Mir erging es nicht anders! Ich war kurz vor dem Höhepunkt! Das schlimmste ist ja noch, dass ich den einen Polizisten aus dem Swingerclub kannte, wo wir jetzt hinfahren!"

„Du warst schon im Swingerclub? Mein lieber Schwan! Du bist mir ein Früchtchen! Weiß das Peter?"

Ich nickte.

„Ja! Ich hab es ihm am Tag vor seiner Abreise an den Kopf geknallt! Übrigens den Dildo hat er mir an dem besagten Abend als Geschenk gemacht, damit ich für ihn einen Ersatz habe! So ein Vollidiot!"

Torsten lachte sich schlapp, fragte nach der Adresse des Clubs, die ich ihm nannte und fuhr los.

„Meinst du, es klappt heute noch einmal bei dir? Ich würde gerne wissen, wie lange du Ausdauer hast."

„Glaub mir, du wirst überrascht sein! Macht es dir was aus, wenn wir noch einen zweiten Mann dazunehmen, falls ich versage? Ich möchte gerne dabei zusehen, wie du poliert wirst!"

Ich lachte.

„Von mir aus kein Problem. Wird sich schon jemand finden", gab ich von mir, in der Hoffnung auf Sven.

„Na dann!", meinte Torsten grinsend.

Knapp eine Stunde später erreichten wir den Club.

„Sehr ansprechend und schön weit abgelegen. So nach dem Motto; hier draußen hört dich keiner schreien!", gab Torsten von sich und griff mir beim Aussteigen in den Schritt.

Ich quiekste und spreizte meine Beine etwas weiter.

„Und? Gleich hier einen Fick als Vorgeschmack? Oder lieber drinnen im Club!"

„Wenn ich mir das so richtig überlege, würde ich es als Vorspeise sehen. Wie willst du es haben? Ladefläche nur mit Mister Dildo oder eine Leckattacke, während du hier sitzt?"

„Torsten überrasche mich", gab ich von mir.

„Also, dann Mister Schleck! Habe ich wenigstens noch etwas Munition für den Club. Yeah Baby, öffne deinen Schritt und lass dich verwöhnen!"

Ich tat wie mir geheißen. Schon kniete er vor mir und machte sich über meine Klitoris her.

Während ich genoss, stöhnend nach mehr verlangte und mich wand wie eine Schlange, nahm ich aus den Augenwinkeln einen Schatten war.

Sven!

Entsetzt starrte er mir in die Augen.

„Oh mein Gott", gab ich perplex von mir.

Torsten verstand dies wohl als Kompliment an sich und legte richtig los.

„Ja, mir kommt es auch gleich! Ich spritze es dir ins Gesicht!", erwiderte Torsten und lutschte und sog sich fest.

Sven grinste, kam näher und öffnete seine Hose.

„Hallo Kumpel, darf ich mitspielen? Ist hier noch ein Loch frei?"

Torsten hielt inne und blickte in Svens Richtung.

„Wenn die junge Dame nichts dagegen hat, gerne! Ich brauche nachher sowieso einen Soldat, der mit mir abwechselnd die Stellung hält. Was ist Sabrina? Lassen wir den Herren hier mitgolfen? Falls ja, kurze Pause und rein in den Laderaum mit euch. Einlochen und befüllen ist angesagt! Das wird ein Spaß werden!", gab er lachend von sich.

Ich nickte.

„Mit ihm hatte ich bereits das Vergnügen! Darf ich bekannt machen? Sven das ist Torsten! Torsten das ist Sven!"

Torsten kaum aus dem Staunen nicht mehr heraus.

„Sabrina du bist ganz schön verrucht! Ab nach hinten mit uns!"

Ich erhob mich und verschwand mit beiden Kerlen in den Innenraum des Wagens.

Torsten legte Decken aus und dann ging es wieder zur Sache.

Sven verhielt sich abwartend, während Torsten es mir erneut mit seiner Zunge besorgte. Ich war nach kurzer Zeit spitz wie Nachbars Lumpi und keuchte vor mich hin.

„Los Sven, spiel mit!", forderte Torsten ihn auf.

„Ich glaube ich lasse das lieber. Sabrina hasst es, von zwei Kerlen gleichzeitig bestiegen zu werden", kam die Antwort.

„Nein! Sven, ich möchte, dass du mitmachst und es mir besorgst! Komm!", gab ich grünes Licht.

Beide Kerle zogen erst sich und dann mich langsam

aus.

Schon ging es weiter.

Torsten leckte und lutschte meine Muschi. Ab und zu biss er ganz zärtlich in meine Schamlippen, was mich ziemlich anreizte und kleine spitze Schreie aus meinem Mund entlockte. Sven machte sich über meine Brüste her und bearbeitet meine Warzen auf die gleiche Weise. Ich verging vor Lust und hatte bereits nach ein paar Sekunden den ersten Orgasmus. Ich schrie alles heraus und feuerte beide zu mehr an, was ich auch bekam.

Sven saß an meinem Kopfende, schob mir sein pralles stattliches Prunkstück in den Mund und forderte mich auf in fest zu bearbeiten. Torsten sah grinsend zu, bohrte mir sein Teil ebenfalls in die Möse und dann ging es zur Sache. Ich kam fast nicht zum Luft holen und bat die Männer darum, es mir abwechselnd zu geben. Beide lachten, schüttelten wie abgesprochen mit den Köpfen und machten weiter. Ich fertigte erst Sven ab. Behutsam und vorsichtig sog ich an seinem besten Stück und genoss es gleichzeitig, wenn Torsten von unten stieß. Bevor es Sven kam, zog er sich aus meinem Mund zurück. Torsten gab Gas und auch er entfernte sich vor dem Ejakulieren aus mir.

Ich keuchte enttäuscht auf.

„Ey, dass ist jetzt äußerst fies von euch! Ich schmore gerade im eigenen Saft! Weitermachen ist angesagt!"

Beide lachten.

„Du wirst heute Nacht noch froh sein, zwischendurch eine Pause einlegen zu dürfen. Ich denke, Sven geht mit mir beim Vögeln konform. Wir wissen wohl beide, was dir beim Sex so richtig Spaß macht und dich zur Hochform antreibt. Wir erlösen dich jetzt, damit du auch zu weiteren Orgasmen kommst und dann gehen

wir in den Swinger. Mal sehen was heute noch geht!",
kam es augenzwinkernd von Torsten, während er
mich bat in die Doggystellung überzuwechseln.

Sven schob sich unter mich und schon bearbeitete er
meine Schamlippen mit der Zunge. Kurz bevor es mir
kam, zog er sich zurück und bediente sich an meinen
Brustwarzen. Ich stöhnte auf und im gleichen Moment
drang Torsten in mich ein und fing an mich mit sehr
kräftigen Stößen zu bearbeiten.

„Ja! Hier ein Stößchen und dort auch! Mein Gott, ist
deine Möse heiß! Ich muss mich wirklich beherrschen
um nicht zu spritzen! Halt still! Denk daran, ich habe
die Führung! Jaaaa! Sven nimm den Dildo und besorg
es ihr in den Po, sie steht darauf! Nun mach schon,
dass geilt mich doppelt auf! Ohhhh! Warte ich werde
ihr Loch etwas befeuchten, dann flutscht es besser!"

Torsten zog sich kurz aus mir zurück und fummelt mit
seinem Schwanz an meinem Hintern herum. Bevor
Sven reagieren konnte und mich mit dem Dildo reizte,
versank bereits Torsten dort mit seinem Teil.

Ich zuckte zusammen.

„Sorry Sabrina, aber dein Hintern macht mich gerade
so scharf und ich konnte mich nicht beherrschen!
Ohhhh ist das geil! Ich vergehe! Hast du eigentlich
diese Natursekt- und Kaviarspiele auch so gerne? Ich
schon!"

Ich schüttelte den Kopf und antwortete stockend.

„Nein….ich hab das…noch nie….oh Gott….probiert.
Jaaaa…..stoss feste weiter…ist…das…geil…Jaa! Mir
kommt es….jetzt! Jaaaaa!"

„Na dann haben wir ja für nachher noch ein mehr als
tolles Programm. Mir kommt es übrigens auch!"

Brüllend ergoss er sich in mich. Sein Schwanz zuckte
noch ein paar Mal in meinem Hinterteil und dann zog

er ihn vorsichtig heraus.

„Saugeil war das Püppi!", gab er lachend von sich und schlug mir kräftig auf beide Pobacken.

Mein Hintern brannte nach diesem Ritt wie Feuer und ich legte mich vorsichtig auf den Rücken. Schon kam Sven mit gezückter Lanze, öffnete meine Beine und schob sich über mich.

„Ich werde dich jetzt hart bestrafen, weil du mich zwei Wochen lang hast schmoren lassen! Warum kam keine Antwort auf meine Fragen durch Josefine? Nie warst du für mich erreichbar! Ich gebe es dir jetzt so richtig und du wirst um Gnade winseln", grinste er.

Ich lachte.

„Das schaffst du nicht!", erwiderte ich frech.

Im gleichen Moment versank er in mir, stieß zu, zog sich zurück um das Spiel erneut zu wagen und dann rammelte er los wie ein Tier. Ich stöhnte laut auf und streckte mich ihm entgegen.

„Ja, gut so……mehr! Bestraf mich!", hauchte ich ihm ins Ohr.

Gierig sog er sich an meinen Lippen fest.

„Wie habe ich dich vermisst! Mein Gott ist das schön in dir zu stecken! Ich zieh ihn kurz heraus um es lange genug auszukosten!"

Ich klammerte.

„Bleib! Ich komme!", gab ich von mir.

Sven stieß noch mal zu und zog in vorsichtig aus mir, während ich einen Orgasmus bekam. Keuchend setzte ich mich hoch.

„Wo ist Torsten", fragte ich nach.

„Draußen, eine qualmen! Schön dich wieder zu haben. Ich habe dich wirklich vermisst, Sabrina und der Fick gerade war nur der Anfang. Die Idee mit den Spielen von Torsten finde ich supi. Ach übrigens, Josefine ist auch da. Sie lässt sich bereits von einigen Typen heftig besteigen und züchtigen. Sicher macht sie dann mit."

„Sag mal Sven, hast du mit ihr auch wieder gevögelt?'", hakte ich nach.

Er nickte.

„Du warst doch nicht vor Ort und so toll war es mit ihr auch nicht! Du bist viel beweglicher als sie. Zum abspritzen kam ihr Loch gerade recht. Ich dachte dabei aber immer an dich! Jetzt lass uns weiterficken, damit ich zum Schuss komme. Allein der Gedanke an deine Muschi, treibt mich zum Wahnsinn! Wie?"

„Erst von hinten, dann von vorne!"

„Mir wäre lieber du setzt dich auf mich!"

Ich schüttelte den Kopf.

„Nein, mein Lieber! Da kommt es dir gleich! Arbeite du ruhig in mir, denn ich möchte etwas davon haben."

Lachend forderte er mich auf in die Doggystellung zu gehen und die Beine zu spreizen, was ich mit Freude tat. Sven kniete sich hinter mich, ergriff meine Brüste und bearbeitete sie mit sehr viel Gefühl. Ich geriet wie in eine Art Trance, streckte mich ihm weiter entgegen und rieb mich an seinem angeschwollenen kräftigen Schwanz, der behutsam an meinen Po pochte, und somit um Einlass bat. Ich wurde noch geiler und dann wurde ich erlöst. Er führte ihn mir vorsichtig in die Möse und bewegte sich fast in Zeitlupentempo in mir hin und her. Ich beugte mich noch weiter nach vorne, reckte ihm meinen Hintern entgegen und forderte ihn auf, mich mit Mister Dildo dort zu befriedigen. Kurz darauf hörte ich ein Brummen und dann schob er ihn mir vorsichtig hinein. Ich bewegte mich im Rhythmus mit und da hieb mir Sven heftig auf den Po. Ich schrie auf.

„Verdammt Sabrina! Jetzt halte still, sonst ist es gleich

vorbei! Ich spritz sonst schneller ab, als du kommen kannst! Willst du das? Warte mal, ich sehe gerade der kleine Meister hier, hat eine Stoßfunktion! Können wir sofort testen! Achtung es geht los!"

Ich spürte es.

Zwar nur leicht, aber er beschwerte mir sofort einen Orgasmus.

„Ohhhhhh....ist das toll! Sven und nun vögel mich, was das Zeug hält. Schnell! Es kommt schon wieder", gab ich mit zittriger Stimme von mir und verfiel von einem Orgasmus in den anderen.

Inzwischen war Torsten wieder eingestiegen und hielt den Dildo, damit Sven freie Bahn hatte, meine Brüste zu stimulieren und es mir heftig zu besorgen. Ich schrie nur noch und dann spritzte auch Sven endlich ab.

„Mein lieber Freund, bei euch beiden geht aber ganz schön die Post ab. Ich bin auch wieder geil da unten. Sven rutsche mal ein Stück, ich mache weiter! Wäre ja gelacht, wenn wir mit Sabrina nicht fertig würden! Es geht los Süße! Hollahoho die Waldfee! Nass, heiß und scharf wie Schmidts Katze. Das flutscht jetzt richtig!"

Auch er drang in mich und bewegte sich heftig. Ich schrie nur noch. Forderte Sven auf, solange Torsten mich ritt, meine Warzen zu bearbeiten, dem er Folge leistete.

Torsten beschimpfte mich obszön, was mich antörnte und dann explodierte er aufschreiend in mir.

Völlig fertig legte ich mich auf den Rücken zurück und schnappte nach Luft. Sven nahm es sofort zum Anlass und stopfte mir sein pralles Teil in den Mund, das ich fast erstickte.

„Ich kann auch wieder! Schluck du Miststück! Mir hier vorspielen du stehst nicht auf perverse Ficks und dann

sich von Torsten entsprechend bearbeiten lassen!"
Während ich ihn lutschte unterhielten sich die Kerle,
was sie nachher noch veranstalten würden. Die Idee
an perverse Spielchen im Club, ließen Sven so spitz
werden, dass er sich in meinen Mund ergoss! Er zog
sich aus mir zurück und ich schluckte sein Sperma
hinunter. Er grinste.
„Siehst du Sabrina? Es ist doch gar nicht so schlimm,
etwas Eiweiß zu schlucken! Macht schöne Haut und
auf diese Art und Weise wird man nicht schwanger!",
gab er augenzwinkernd von sich.
Ich erhob mich, zog mich an und stieg aus.
Die Herren der Schöpfung folgten und dann standen
wir vor dem Swingerclub. Wie immer wurde ich von
Olga herzlich begrüßt und dann wurde mir bewusst,
dass ich keine geeignete Kleidung dabei hatte.
„Mach doch kein Drama daraus. Je weniger du anhast
umso schneller haben wir dich flach gelegt!", gab Sven
von sich.
Torsten lachte dreckig und stimmte zu.
Wütend blickte ich Sven an.
Was sollte das?
„Ein bisschen Niveau tut gut!", gab ich zurück.
„Ja, Nivea hilft immer! So flutscht es besser!", lachte
Torsten sich kaputt.
Ich gab auf und eilte nur mit Slip und BH bekleidet in
die Gaststube. Sofort trafen mich gierige Blicke.
„Juhuuuuuu! Sabrinaaaaaa! Hier bin ich!"
Ich folgte dem Geschrei und dann wurde ich von Josi
umarmt.
Ich lachte, bestellte mir ein Gläschen Sekt und suchte
einen Sitzplatz für die anderen und mich. Kaum hatte
ich an meinem Getränk genippt, wurde ich schon von
den ersten Typen angesprochen.

„Leute ich bin gerade erst gekommen, nun lasst mich doch erstmal akklimatisieren. Die Nacht ist noch lang und wir haben Zeit", gab ich von mir.

„Stimmt! Sabrina ist gerade erst gekommen und zwar bei uns beiden. Dabei wird es auch bleiben, die ganze lange Nacht!", warf Torsten lachend in die Runde.

Nach dieser Ansage erntete er giftige Blicke.

Auweia! Ärger vorprogrammiert?

„Jetzt wird nicht gestritten, sondern gefeiert! Mit wem ich vögeln werde und nicht, entscheide ich nachher selbst! Also, meine Damen und Herren, keine Panik auf der Titanic! Außerdem geh ich jetzt was futtern, ich habe Hunger!"

Josefine eilte mit mir ans Büfett und dann machten wir es uns bequem. Im Schnellgang erzählte ich ihr, was mir heute passiert war und sie war über Peter entsetzt.

„Hauptsache du hattest einen guten Fick, der Rest ist egal!"

„Einen? Mir reicht es eigentlich für heute! Torsten ist recht stramm da unten! Sag mal, stehst du auf perverse Spielchen, wie Sekt und Kaviar?", fragte ich nach.

„Ach du Schreck! Du meinst Natursekt? Das geht ja noch! Mit dem Rest, ein vollkommenes no go! Ich lach mich schlapp. Diese Kerle! Schweine hoch drei! Wird sicher lustig heute!", meinte sie zustimmend.

Ich grinste.

Nach dem Essen verschwand Josi in die Gaststube. Sie hatte einem der Kerle versprochen, ihm kräftig den Hintern zu versohlen. Typisch für sie. Ließ nichts aus.

Ich war etwas verschwitzt von den Ritten mit Torsten und Sven. Eilig zog ich mich aus und verschwand erst unter die Dusche und dann in den Whirlpool.

Herrlich!

Ich schloss die Augen, genoss die Stille um mich und

in Nullkommanichts brachten mich die Sprudeldüsen auf andere Gedanken. Keine Minute später war ich geil und stellte mir vor, von einem der Gäste hier im Becken vernascht zu werden. Ich drehte mich um, drückte meine untere Region an die Düse und stöhnte genussvoll. Im gleichen Moment drängte sich ein warmer Körper an mich.

Ich erschrak und öffnete meine Augen.

„Was soll das?", fragte ich nach und erblickte in den Spiegeln ein Bild von einem Mann.

Er grinste mich frech an.

Ich zwinkerte ein paar Mal mit den Augenlidern. War das jetzt eine Sinnestäuschung oder echt? Unmöglich! Er konnte nicht real sein! Dafür sah er einfach zu gut aus! Der Typ war mir vorhin gar nicht aufgefallen!

Neugierig drehte ich mich um und verlor den Halt, so geflasht war ich von seiner Erscheinung. Er griff nach mir.

Boah!

Sixpack und alles am richtigen Platz!

Ich schnappte nach Luft und blies die Backen auf.

„Immer locker durch die Hose atmen, Sabrina!", gab er von sich, „du heißt doch so? Oder?"

„Ich hab doch gar keine an", gab ich perplex von mir und hätte mir im gleichen Moment am liebsten selbst eine geknallt.

Mein Gegenüber stutzte kurz und brach in schallendes Gelächter aus.

„Davon gehe ich aus", gab er zurück.

„Idiot! Ich lass mich doch nicht verarschen!", blaffte ich und versuchte aus dem Becken zu kommen.

Vor Rage rutschte ich am Rand weg und schlug auf.

„Autsch! Verdammt! Was für ein Scheißtag!"

Mister Charming war aus dem Pool gestiegen und hob

mich vorsichtig hoch, bevor ich regieren konnte.
„Erste Hilfe ist angesagt", kam lächelnd von ihm und
schon verschwand er mit mir in den ersten Stock.
„Lass mich sofort runter du Wüstling! Ich habe dir
nicht erlaubt, mich ungefragt zu vögeln! Was ist mit
euch Kerlen nur los?", brüllte ich strampelnd.
Schon waren wir im SM-Zimmer verschwunden und
er legte mich vorsichtig aufs Lotterbett.
„Ihhhh! Kalt und nass! Ich benötige schnell ein paar
Handtücher zum Trocknen!"
Er grinste, eilte nach draußen, kam mit den frischen
Tüchern zurück und schloss die Tür. Abwartend hielt
er mir das Gewünschte entgegen.
„Merci Mademoiselle! Darf ich beim rubbeln helfen?"
Es reichte.
„Raus!", brüllte ich und sprang auf.
Völlig gelassen sah er mir entgegen und seine Augen
glitten an meinem nackten Körper, von oben nach
unten und zurück.
Unsere Blicke trafen aufeinander und verschmolzen.
Nach ein paar Sekunden langen Schweigens, räusperte
ich mich und brach zuerst den Bann.
Er grinste erneut.
„Verloren!"
Verständnislos erwiderte ich seinen Blick.
„Wer zuerst wegschaut har verloren! Das Gegenüber
hat somit einen Wunsch frei! Altes Kinderspiel!"
Ich runzelte die Stirn und dann verstand ich endlich.
„Ach, sie wollen spielen?", hakte ich nach und griff ein
Handtuch.
Langsam legte ich es mir um.
„Ja! Bleiben wir doch beim Du! Entschuldigung, ich
habe mich noch nicht vorgestellt. Mein Name ist Jeff!"
Jetzt war es mit meiner Beherrschung vorbei und nun

brüllte ich lachend los.

„Jeff? Wie der aus der Werbung? Ich hau mich weg!"

„Haha! Sehr witzig! Ja, wie der aus der Werbung! Gibt es daran was auszusetzen?"

„Nein, nein! Alles im grünen Bereich! Sorry, ich wollte sie nicht auslachen. Mir sind heute eine Menge Dinge passiert, die sonst nicht vorkommen und das hier, war gerade die absolute Krönung."

„Wir waren doch bei einem Du!"

„Gut, dann Jeff und Du. Meinen Namen kennst du ja bereits. So und was nun?"

„Schlaf mit mir, Sabrina. Hier und jetzt! Denk daran, du hast verloren und ich den Wunsch frei."

Ich lachte.

„Gut, wenn dir wirklich so viel daran liegt, werde ich ihn dir erfüllen. Komm!"

Während ich dabei war, die restlichen Laken über das Bett auszubreiten, griff er nach mir und zog mich an sich. Ich verspürte seinen warmen Köper an meinem, roch sein Rasierwasser und stöhnte auf. Langsam fuhr er mit seinen Fingern gezielt über die erogenen Zonen meiner Haut und verschaffte mir in kürzester Zeit ein besonderes Hochgefühl. Ich schmolz dahin und eh ich mich versah, lag ich mit gespreizten Beinen vor ihm.

„Ich werde jetzt deine Liebesgrotte betreten und sie bis zum Rande mit meinem kostbaren Saft ausfüllen! Du wirst in Sphären versinken und Dinge fühlen, die bisher für dich verborgen blieben. Lass dich fallen und überraschen. Genieße einfach."

Früher wäre ich anhand dieses Geschwafels in Lachen ausgebrochen.

Heute jedoch nicht.

Ich schloss meine Augen, entspannte und wartete, was nun als nächstes kam.

Jeff fing an meine Schamlippen zu streicheln, spielte sanft mit ihnen, öffnete sie leicht und massierte sie. Ich schob mich ihm entgegen in Erwartung auf mehr. Er ließ mich schmoren. Vorsichtig näherte sich sein Mund meiner Klitoris um sie zu stimulieren. Ich verlor fast den Verstand, als er gekonnt seine Zunge einsetzte und mir einen Orgasmus bescherte.

Wimmernd verkrallte ich mich in seinen Haaren und verlangte nach mehr.

„Genieße", war das Einzige, was er zu mir sagte.

Ich versuchte mich zu entspannen und schon ging es weiter. Er ließ kein Fleckchen meines Körpers aus. Bescherte mir mehrere Orgasmen, ohne mich nur ein Einziges Mal bestiegen zu haben. Ich wollte mehr und endlich kam die Erlösung. Jeff führte meine Hand zu seinem prallen Teil und forderte mich auf, ihn ganz langsam einzuführen. Ich war so geil, dass ich mich mehr als ungeschickt anstellte und er immer wieder wegrutschte. Lachend half er mir dabei und ich schrie erleichtert auf, als er in mir versank. Mit sehr viel Gefühl bewegte er sich vor und zurück, hielt inne, massierte mit seinen Daumen meine Scham und stieß zu. Ich verlangte nach mehr und ich bekam es auch diesmal. Seine Bewegungen wurden schneller, ich kam immer mehr in Ekstase und brüllte mir die Orgasmen aus dem Leib. Er rollte mit mir zur Seite, so dass ich plötzlich auf ihm zu sitzen kam. Erstaunt öffnete ich die Augen und blickte in seine.

„Geht es dir noch gut, Sabrina?", hakte er nach.

Ich nickte völlig außer Puste.

„Ja, es ist okay! Mein Gott, was für ein Ritt!", gab ich von mir und wollte von ihm steigen.

Mit Nachdruck hielt er mich zurück.

„Wir sind nicht fertig! Es ist immer noch das Vorspiel!

Wenn ich mich in dich ergossen habe, dann sind wir fertig! Kannst du noch? Reite mich!"

„Was? Du bist erst beim Vorspiel? In dieser Situation haben die meisten schon abgespritzt! Wie machst du das? Oh mein Gott!"

„Jahrelanges Training! Willst du jetzt einen guten und langen Fick, den du nicht vergessen wirst oder soll ich zum Ende kommen? Abgespritzt ist schnell!"

„Nein! Ich möchte alles! Die ganze Palette!", gab ich von mir und fing an mit kreisenden Bewegungen auf ihm zu reiten.

Meine Gedanken überschlugen sich. Dieser Mann hatte eine enorme Körperkontrolle und ich wusste, dass ich endlich auf meine Kosten kommen würde.

Jeff gab den Takt an und ließ sich nicht aus der Ruhe bringen.

Ich war bereits nass geschwitzt, konnte nicht mehr und keuchte vor mich hin.

„Jeff, ich glaube ich kippe gleich von dir! Ich bin fix und fertig! Außerdem muss ich etwas trinken! Bitte!"

Bevor ich eine Antwort bekam, rollte er sich mit mir in die Missionarsstellung, stieß nochmals zu und zog sich aus mir zurück.

„Dir kann geholfen werden! Moment ich bin sofort zurück!", sprachs, öffnete die Tür und schleifte wie von Zauberhand einen Kasten Wasser ins Zimmer. Ich schaute wohl ziemlich doof.

„Reicht dir das?", fragte er nach und drückte mir eine Flasche entgegen.

Ich nickte, öffnete sie und sog die Flüssigkeit in mich auf.

„Wenn du damit fertig bist, kann es von mir aus gleich weitergehen!"

Ich legte mich hin und schon hatten wir die beliebte

Löffelchenstellung. In kürzester Zeit spürte ich seinen Schwanz an meinem Rücken und wusste, dass es gleich zur Sache ging. Er zog mich in die gewünschte Stellung und drang ein. Ich stöhnte erneut und dann bearbeitete er meine Brüste. Ich kam mehrere Male, denn diese Stellung brachte mich fast an den Rand des Wahnsinns. Ich wimmerte und bat ihn endlich in mir abzuspritzen. Jeff gelang es ohne aus mir zu gleiten, mich in die Doggystellung zu drehen und dann gab er es mir richtig. Ich war eigentlich schon befriedigt und so entkräftet, dass ich mir dauerhaft den Kopf am Oberteil des Lederbettes stieß. Ich rutschte weg, er drehte mich auf den Rücken, spreizte meine Beine und machte munter weiter. Mit gleichmäßigen Stößen ging es zur Sache. Meine untere Region gab schmatzende und glucksende Geräusche von sich.

„Ich kann nicht mehr, Jeff!", gab ich von mir.

„Doch du kannst noch! Ich spüre es! Lege deine Beine auf meine Schultern, den Rest übernehme ich! Es dauert nicht mehr lange, dann komme ich zum Schuss! Du hast es sehr lange ausgehalten! Endspurt!"

Stöhnend gehorchte ich und dann ging es noch einmal heftig zur Sache.

Jeff kam sehr tief, was auch an seinem Prachtstück lag und bescherte mir weitere Lust. Ich schrie und stöhnte nur noch und dann merkte ich, wie sein kostbarer Saft in mich strömte. Ich blickte ihn an, er lächelte, stieß noch mehrere Male zu und lag dann auf mir. Sanft umklammerte er meinen Körper und küsste meine Brustwarzen. Es dauerte nicht lange, da merkte ich, wie ich erneut in Wallung kam und mich ihm mehr als fordernd entgegenstreckte. Er beherrschte es einfach perfekt, eine Frau völlig außer Kontrolle zu bringen.

„Da schau einer an! Madam ist immer noch scharf wie

eine Granate! Zum Glück habe ich meine Munition nicht ganz verschossen! Auf ein Neues!"

Ich spürte, wie sein Teil in mir größer wurde und dann ging es erneut los. Eng ineinander verkrallt gab er mir den Rest und ich zerkratzte bei dieser Aktion seinen kompletten Rücken.

„Biest!", keuchte er und küsste mich.

Ich hatte genug! Nicht nur von ihm, sondern für den gesamten Abend. Wie sollte ich das Sven und Torsten klarmachen. Sicher waren sie bereits sauer auf mich, denn ich hatte bei dieser Aktion völlig das Zeitgefühl verloren.

„Wie lange haben wir gebraucht", hakte ich nach.

„Eine Stunde! Warum fragst du?"

Ich sprang hoch.

„Eine Stunde? Verflixt! Sven und Torsten!"

„Keine Panik, ich werde mal nach Beiden schauen. Denke aber, sie haben sich anderweitig vergnügt. Ist es dir Recht, wenn ich sie mit nach oben bringe? Flotter Vierer?"

Ich überlegte, denn eigentlich war ich satt da unten.

„Geh erst einmal nachschauen, wo beide sind. Torsten sprach von Natursektspielen. Sven und Josi machen da sicher auch mit. Wie verhält es sich mit dir? Ich habe es noch nicht probiert", hakte ich nach.

Er grinste.

„Natursekt? Warum nicht, das ist mal etwas anderes! Da benötigen wir eine extrem große Dusche! Ich geh schon mal nach unten und reserviere eine! Beeil dich!"

Ich erhob mich langsam und stöhnte auf. Auweia, ich hatte mich mehr als verausgabt. Mir war schlecht und meine untere Hälfte brannte wie Feuer. Langsam zog ich meine Unterwäsche an, griff gierig nach einer Flasche Wasser, trank sie in einem Zug aus, rülpste ungeniert vor mich hin und verließ den Raum. Prompt stieß ich mit Josi zusammen, die gerade aus einem der anderen Räume kam.

„Wir haben dich schon vermisst! Geiles Teil hast du dir da unter den Nagel gerissen!", gab sie von sich.

„Der hat sich eher mich unter den Nagel gerissen! Im Whirlpool stand er plötzlich hinter mir und nachdem ich auch noch gestürzt bin, hat er mich ohne großes Palaver nach oben gebracht."

„Aha, so eine Art Notversorgung!", hakte Josi nach.

„Von wegen Notversorgung? Mir wurde das spezielle Beautyprogramm verpasst! Jetzt sucht er nach Sven, Torsten und dir um mit uns das Naturspiel unter der Dusche auszutesten. Bist du dafür gewappnet?", fragte ich sie.

„Aber immer!"

„Na dann los! Auf zu neuen Welten!"

Wir eilten nach unten, wo wir bereits von den Herren erwartet wurden.

„Josi! Ich habe bereits verzweifelt nach dir Ausschau gehalten", gab Torsten von sich.

Ich grinste wissend.

„Mädels, ich habe die Dusche und die Sauna für den Rest des abends als Sperrzone erklärt. Für Getränke ist bereits gesorgt. Wir können nun ungehindert unserem schweinischen Treiben frönen."

Jeff bat uns sein *Reich* zu betreten und versetzte mir einen Klaps auf den Po, dass ich von Sven einen mehr als wütenden Blick erntete.

Krieg!

Der war nun unter den Kerlen angesagt.

Die Einzige die darunter zu leiden hatte, war in diesem Falle wieder einmal ich. Sicher würden Jeff und Sven es wieder über Sex austragen. Ich stöhnte und war mir sicher, dass ich morgen nur noch rückwärts laufen und es mir tierisch schlecht gehen würde.

„Was hast du?", fragte Josi.

Ich klärte sie im Telegrammstil auf.

„Na, halb so wild! Wenn du Hilfe benötigst, ich stehe gerne zur Verfügung! Torsten ist sehr gut bestückt da unten, aber du weißt ja, dass ich schwer zu befriedigen bin. Also, auf geht es! Kennst ja den Spruch......jetzt geht es rund.....erst in Po und dann in Mund!"

Ich musste lachen und folgte den anderen nach.

Jeff hatte von Olga die Erlaubnis, den hinteren Trakt im Bereich Sauna, Duschen und Whirlpool komplett zu nutzen. Kaum waren wir vor Ort, verschloss er die Tür um ungebetene Zaungäste fern zu halten.

Bevor ich mich versah, hatte er mich geschnappt und in Richtung Whirlpool gezogen. Ich sträubte mich.

„Denke daran, dass du mir hier noch etwas schuldig bist! Du hattest verloren! Ich kam noch nicht in den Genuss, dich hier vernaschen zu dürfen."

„Aber....."

„Nichts aber! Lass dich einfach nur verwöhnen. Sven? Torsten? Josi? Ist es okay für euch, wenn ich den Pool kurz für Sabrina und mich in Anspruch nehme? Ich habe noch etwas gut bei ihr!", erklärte er.

Die Anderen wünschten uns viel Spaß und teilten uns mit, dass sie solange in der Sauna ihre Spielchen zum Besten geben würden. Winkend zogen sie ab.

„Nun zu uns meine Süße. Torsten hat mir vorhin ein kurzes Resümee abgegeben, was für einen Dreckskerl du von Ehemann zuhause hast. Ich werde dir zeigen, dass es Männer gibt, die Frauen auf Händen tragen."

Insgeheim dachte ich mir nur, dass Ausnahmen zwar die Regel bestätigen, aber Kerle ihrem Trieb folgten, wie die Tiere. Sex war das Einzige, was in Frage kam um ihren Hunger zu stillen. Egal wie die Frau aussah. Hauptsache der Druck war weg. Während ich noch mit mir haderte, führte er mich zu einer Liege und zog mich dabei aus. Slip und BH fielen zu Boden. „Bitte lege dich entspannt auf den Bauch und lass dich einfach nur überraschen. Keine Fragen stellen, sonst ist die Stimmung hin", gab er mir den Rat.

Ich blickte ihm tief in die Augen und hatte das Gefühl, im gleichen Moment hypnotisiert zu werden.

Ohne Kommentar kam ich seinem Wunsch nach und hörte, wie er hinter mir hantierte. Leise Musik erklang und dann fühlte ich seine Hände auf meinem Körper. Ich stöhnte auf, als er anfing mich sanft zu massieren. Er benutzte warmes Öl. Ich atmete den besonderen Duft, den ich erst nicht direkt zuordnen konnte ein. Das Öl hatte eine berauschende Wirkung auf mich. Orient! Es roch nach Gewürzen und Blumen aus dem Orient! Seine Hände waren überall zur gleichen Zeit an meinen empfindlichsten Stellen. Mein Blut geriet in Wallung und dann verlor ich die Beherrschung. Mit einem Ruck drehte ich mich auf den Rücken, zog Jeff zu mir und drängte ihn unter Küssen dazu, sich über mich zu legen. Weit gefehlt! Bestimmend entfernte er meine Hände aus seinem Nacken und fuhr ohne ein Zeichen der Erregung von sich zu geben, auf meiner Vorderseite mit der Massage fort. Ich verging vor Lust und als er meine Schamlippen leicht berührte, bekam ich den ersten Orgasmus.

„Jeff......bitte", flehte ich.

Grinsend hob er mich von der Liege und verschwand mit mir unter eine der Duschen.

Warmes Wasser strömte über unsere Körper.

Ich erschauerte und presste mich näher an Seinen.

„Schade um das Massageöl", gab er trocken von sich.

Ich sah wie das Wasser von meinem Körper abperlte.
„Willst du lieber mit dem Öl spielen oder mit mir?",
fragte ich frech nach.
Bevor ich eine Antwort von ihm bekam, küsste er
mich fordernd.
Ich erstickte fast, so intensiv ging er vor. Während ich
quieksende Laute von mir gab, damit er mir endlich
Raum zum Atmen ließ, berührten seine Hände meine
Brüste. Ich verlor fast den Verstand, verkrallte mich in
seinen Rücken und keuchte auf, als ich spürte, wie sich
seine untere Region regte und bestimmend an meine
Scham klopfte. Ich presste mich an ihn und er hörte
auf mich zu küssen. Ohne ein weiteres Wort von sich
zu geben, schob er mich an die Fliesen der Dusche.
Ich erschrak, als ich die Kälte der Platten in meinem
Rücken fühlte und rutschte auf dem glitschigen Boden
der Dusche aus. Jeff griff nach mir und verhinderte so,
dass ich stürzte. Erneut presste er seine Lippen auf
meinen Mund und schob seine Hände zwischen meine
Beine. Ich genoss und stellte mich breitbeinig hin. Die
Füße links und rechts von den seinen und rieb meinen
Unterkörper an ihm. Er stöhnte auf, beugte seine Knie
und ließ sich erneut auf ein Spiel mit mir ein.
„Biest!", gab er von sich.
Ich gurrte vor mich hin.
Jeff war jetzt stark erigiert und nicht mehr zu halten.
Er griff meine Hände mit seinen Handflächen, zog sie
nach oben und legte sie an die Wand. Kurz darauf
schob er seine Finger zwischen die meinen, küsste
mich wie zuvor und ich merkte, wie ihn diese Stellung
fast in den Wahnsinn trieb. Er fuhr mit seinen Händen
über meinen Rücken, packte meinen Hintern und hob
mich auf die Zehenspitzen. Gezielt richtete er meinen
Körper nach seinen Wünschen aus.

„Leg deine Beine um meine Hüften", verlangte er und schob mich nach oben.

Dann hatte er endlich gefunden, was er gesucht hatte. Ich stöhnte auf, packte ihn ganz fest und presste mich an ihn. Ungestüm und mit rhythmischen Stößen, nagelte er mich regelrecht an die Fliesen der Dusche, was ich ihm damit dankte, den Rücken blutig zu kratzen. Ich spornte ihn mit obszönen Worten an und es dauerte nicht lange, bis ich zum Höhepunkt kam. Er folgte mir unmittelbar und es verschlug uns beide den Atem. Als er sich von mir löste, stöhnte ich auf und ließ meine Beine ganz langsam nach unten gleiten. Keuchend und völlig fertig lehnten wir an der Wand.

„Verdammt! Sabrina, du bist echt der Hammer! Ich brauche unbedingt eine kleine Pause, sonst geht nichts mehr!"

„Du aber auch! Mein Gott, mir tut alles weh!", gab ich lachend von mir.

„Komm! Etwas Abkühlung schadet sicher nicht! Der Pool hat die geeignete Temperatur für weitere Spiele. Wollen wir doch einmal sehen, wer länger durchhält!"

„Na warte Freundchen! Du hast wohl dabei die Düsen vergessen!"

„Nein! Das habe ich nicht wirklich! Ich werde dich davor stellen! Mal sehen, wer schneller wieder unter Strom steht!", grinste er und zwickte mir in den Po.

Aufschreiend schlug ich ihm die Hand weg und eilte in besagten Raum.

Er überholte mich und sprang mit einem Satz in den Whirlpool, dass es nur so spritzte. Im Nu war ich nass und drohte mit dem Finger.

„Jetzt komm schon!"

Jeff griff nach mir, zog mich hinein, bugsierte mich in

Richtung dieser Düsen und presste mich mit seinem Körper dagegen. Ich schloss die Augen.

„Jeff! Hör auf! Das ist fies, was du veranstaltest! Du nutzt die Situation schamlos aus. Im wahrsten Sinne des Wortes!"

Ich blickte in den Spiegel und sah in sein grinsendes Gesicht.

„Apropos Scham! Fühlst du denn da unten was? Bist du schon spitz wie Schmidts Katze?"

„Noch nicht, aber es steigert sich. Jetzt gib mich frei, sonst garantiere ich für nichts!", erwiderte ich.

Verflixt! Ich war scharf wie eine Peperoni und je fester und länger er mich dagegen drückte, umso schlimmer wurde es. Jeff musterte mich, strich meine Haare zur Seite und fing an, mir den Nacken zu küssen.

„Was machst du d......", weiter kam ich nicht.

„Pscht.....", kam es von seiner Seite.

Genussvoll schloss ich die Augen, ließ ihn gewähren und kurz darauf bearbeitete er zärtlich meine Brüste. Ich lehnte mich an seinen Körper und konnte ein lautes Stöhnen nicht mehr unterdrücken. Er massierte weiter und meine Warzen standen wie eine Eins.

„Oh mein Gott.....du verstehst es wirklich eine Frau in die richtigen Bahnen zu lenken."

Meine Atmung wurde schneller und mein Herz schlug bis zum Halsansatz. Seine Finger ließen keine Stelle an meiner Haut aus und dann schob er mir Mister Dildo zwischen die Beine. Erschrocken über diese spontane Aktion, riss ich meine Augen auf.

„Sorry, den hat mir Sven überreicht und gemeint, für eventuelle Nacharbeiten. War das jetzt falsch?"

„Nein! Ich war nur erschrocken. Mach ruhig weiter und mit Sven werde ich ein ernstes Wörtchen reden."

„Wer hat mich gerufen? Stehe jederzeit zu Diensten

im wahrsten des Wortes! Josi bearbeitet Torsten und ich habe keine Lust dabei zuzusehen. Geht heftig bei den Beiden zur Sache. Josi ist ja unersättlich!", kam es aus dem Hintergrund.

„Wie lange stehst du schon da?", blaffte ich ihn an. „Lange genug um zu sehen, dass Jeff etwas Hilfe nötig hat. Wir können uns doch abwechseln? Solange ich es dir besorge, kannst du ihm einen blasen. Ist doch ein faires Angebot. Oder?", fragte er nach.

„Von mir aus gerne", kam es nickend von Jeff.

Ich überlegte.

„Okay, dann macht mal!"

Jeff stieg aus dem Becken, setzte sich an den Rand um sich von mir runderneuern zu lassen, während Sven zu mir ins Wasser stieg und den Platz von Jeff einnahm.

„Na? Bereit für einen weiteren Ritt? Ich habe zwei Wochen nachzuholen!"

Ich lachte.

„Nun, dann steck deinen Lümmel weg. Wer will zuerst von euch? Jeff? Blasmusik oder soll ich erst verstecken mit Sven spielen?"

„Spiel du mal schön verstecken mit Sven! Ich schaue euch dabei zu."

Kaum hatte er seinen Satz beendet wurde ich rücklings von Sven aufgebockt. Ohne Vorwarnung drang er in mich ein. Ich stöhnte laut auf, denn ich hatte es ja im Vorfeld geahnt. Sven lieferte sich mit Jeff eine Art von Wettkampf. Diese Nacht würde lange werden und ich richtete mich gedanklich darauf ein, hier übernachten zu müssen. Nach dieser Bearbeitung war ich sicherlich nicht mehr fähig zu gehen.

„Solange ihr beiden zu Gange seid, hole ich etwas Sekt für uns. Ich denke, wir haben uns den danach verdient und einen kleinen Schwips kann jeder vertragen."

Ich nickte.

„Ich bin sowieso dafür, dass wir alle hier übernachten. Olga bereitet uns dann morgen ein Frühstück zu. Was haltet ihr davon?", fragte ich nach.

Beide Männer nickten.

Jeff erhob sich.

„Ich kann im Vorbeigehen gleich mal bei den anderen nachhaken, wie sie das sehen. Also, viel Spaß und bis später", gab er mit einem intensiven Blick in meine Richtung von sich und verschwand.

Ich seufzte und bevor ich abschweifen konnte, stieß mein Rittmeister erneut zu.

„So du Hexe und dir werde ich einiges verpassen! Halt still! Oh mein Gott, in dir zu stecken ist immer ein Erlebnis! Du bist wie immer heiß wie ein Vulkan! Mir kommt es schon!"

Sven verkrallte sich verzweifelt in meinen Armen und ich konnte ihn in den Spiegeln beobachten, wie er sich versuchte zu beherrschen.

So nicht mein Bürschchen!

Schnell und ohne, dass er es verhindern konnte, glitt ich von ihm und drehte mich um.

„Verdammt! Sabrina! Scheiße, nun schwimmt das gute Zeug in den Absaugfilter des Pools!"

Ich lachte, verschwand aus dem Wasser und rief über die Schulter zurück.

„Strafe muss sein! Verschwendung ist das schon, aber so merkst du es dir fürs nächste Mal und hältst deinen Kleinen unter Kontrolle! Meine Muschi braucht auch etwas Pause, denn sonst geht später nichts mehr."

„Ich habe heute von einer Peggy einen Tipp genau in diese Richtung bekommen. Eiswürfel sollen helfen!"

„Eiswürfel? Ja klar! Ich glaube du fantasierst und es ist ein Wunschdenken von dir!", lachte ich ihn aus.

„Doch! Jetzt ernsthaft! Sie erzählte, dass sie sehr oft Extremsex hat und manchmal von acht Kerlen oder mehr bestiegen wird. Da brennt wohl öfters mal die Muschi und sie kühlt oder betäubt sie so. Wäre doch mal interessant, dass auszutesten! Oder? Ich weiß wie es geht! Sie hat mir da einen Trick verraten, wie man Frauen zum Orgasmus bringt!"

„Mit Eiswürfeln? Ich komme, wenn es soweit ist, auf dich zurück! Der Abend ist noch lange!"

Er grinste und folgte mir nach. Kurz vor der Dusche holte er mich ein.

„Ich muss mal und bin gleich wieder da."

„Holla ihr! Du musst mal? Moment ich kann dir doch Abhilfe schaffen! Wie war das mit dem Natursekt? Wir wollten es doch austesten? Wo ist denn Jeff?", kam es aus dem Hintergrund.

Torsten und Josi standen völlig verschwitzt und fertig in der Nähe der Sauna. Ob sie nun von ihrem regen Treiben so außer Atem waren oder von der Hitze in diesem Brutkasten, konnte man nicht erkennen.

Ich konnte mir nur mühsam ein Lachen verkneifen. Josi zog mal wieder alle Register und ließ nichts aus.

„Jeff holt Sekt und dann kann es weitergehen", warf ich zurück.

„Schön, aber solange hält das mein Bullermann nicht mehr aus. Ich muss jetzt und nicht erst wenn Jeff hier auftaucht", maulte Sven.

Mit drei Schritten war Josi bei ihm, ergriff seine Hand, stellte die Dusche an, zog ihn mit drunter und fing an in zu befummeln. Sven stöhnte auf und warf mir einen Blick der Entschuldigung zu. Ich war angesäuert und hätte ihm am liebsten eine geknallt. So war das also! Seit er sich die letzten zwei Wochen mit Josi vergnügt hatte, besaß ich wohl keinen besonderen Stellenwert mehr bei ihm. Nun gut! Rache ist ja bekanntlich süß! Abwartend stand ich neben Torsten und wir waren gespannt, was passierte. Josi setzte sich vor Sven in die Dusche und bearbeitete sein bestes Stück. Er wurde so arg angereizt, dass er sich nicht mehr beherrschen konnte, seinen Schwanz fluchend festhielt und Josi gezielt den Urin über das Gesicht spritzte, während sie den Mund öffnete. Ich war ja einiges gewohnt und wusste, dass Josi eine kleine perverse Sau war, aber das war eine Spur zu hart für mich. Torsten schaute mich grinsend an. Würgend rannte ich aus der Anlage und prallte auf dem Gang mit Jeff zusammen.

„Hoppla! Wohin? Sabrina? Was ist los? Hörst du?"

Ich hörte, konnte aber nicht antworten, sonst hätte ich Jeff von oben bis unten voll gekotzt. Ich wedelte wild mit den Händen und rannte weiter. Erlösung fand ich Sekunden später in der Toilette, wo mir alles aus dem Gesicht fiel. Oh mein Gott! Ich hatte zwar schon von dieser Art Sex gehört, aber das war nun doch zuviel. Ich reinigte mich etwas und machte mich auf den Weg zurück. Diese Sauerei würde ich nicht mitmachen.

„Sabrina? Geht es wieder?", sprach Jeff mich an.

„Ja!"

„Ich habe gehört was passiert ist und denke wir beide bleiben da außen vor. Die Art von Sex muss ich nicht haben."

„Gut, sonst wäre ich umgehend nachhause gefahren. Sven hat mich ziemlich enttäuscht und muss sich wohl sehr gut die letzten zwei Wochen mit Josi auf diese Art vergnügt haben. Aber es heißt ja, alles kann, nichts muss. Ich muss nicht! Komm!"

Ich schnappte mir die Hand von Jeff und eilte mit ihm zurück.

Josi und Sven standen mit schuldbewussten Mienen da

und entschuldigten sich.

„Ich denke ihr seid bereits ein Paar und ich werde mich da nicht in den Weg stellen! Ihr kennt meinen Ehrenkodex. Nicht mit Pärchen oder Ehemännern.

„Sabrina, ich……..", setzte Sven an.

„Still, ich will nichts mehr hören!", brüllte ich.

„Bitte lass mich erklären! Gib mir die Chance!", warf er ein.

Ich überlegte, nickte und schickte die anderen weg.

Sven und ich verzogen uns in die Sauna und führten ein langes Gespräch.

Danach waren die Fronten geklärt und ich stand auf.

„Warte!"

Der Schrei von Sven klang verzweifelt.

Ich drehte mich um und fragte, was er noch wollte.

„Schlaf noch einmal mit mir zum Abschied! Bitte!"

Na toll! Was nun?

Ich überlegte, dann nickte ich.

Sven dankte mir, zog mich in seine Arme und dann bekam ich den heißesten Abschiedsritt meines Lebens. Ich vertrug ja nicht unbedingt die Saunaluft und als er es mir noch heftig besorgte und in mir explodierte, fiel ich fast um. Wir duschten ein letztes Mal gemeinsam und gut war es. Kurz darauf gaben wir grünes Licht für unsere Freunde. Josi und Sven verzogen sich in die anderen Räume und so blieb ich mit Jeff und Torsten zurück. Beide standen bereits Gewehr bei Fuß und ich musste lachen.

„So meine Herren, nun mal Butter bei die Fische! Jetzt konnte Sven mir den Trick mit den Eiswürfeln nicht mehr verraten. Schade, aber was soll es. Geht auch ohne die Dinger."

„Ich weiß wie es geht", gab Torsten grinsend von sich.

„Was?", fragte ich ungläubig nach.

„Eine Peggy hat mir vorhin ihre Story erzählt, wohl in der Hoffnung, in mir ein Opfer gefunden zu haben."

„Und jetzt?", wollte ich wissen.

„Ausprobieren! Ich nehme mir kurz Jeff zur Seite und weihe ihn ein. Du bekommst später die Überraschung serviert. Ist doch ein fairer Deal? Bis gleich!"

Kurz darauf war er mit Jeff verschwunden.

Blödmänner!

Typisch!

Ich duschte ausgiebig und machte es mir im Whirlpool bequem. Entspannt lehnte ich mich an den Rand und träumte vor mich hin, was ein neuer Gast ausnutzte und sich unbemerkt zu mir gesellte.

„Hallo! Hast Lust auf ein Fickerchen mit mir!", wurde ich angesprochen.

Ich erschrak, rutschte vom Rand, versank im Wasser, schluckte dieses und kam prustend und hustend an die Oberfläche.

„Idiot!", brüllte ich.

„Sorry, das wollte ich nicht", gab er betreten zurück.

„Schon gut! Ich habe mit niemand hier gerechnet, da der Raum für den Rest des Abends für Freunde und mich reserviert ist", klärte ich auf und schaute ihn mir jetzt genauer an.

Nicht schlecht Herr Specht!

Strammer Bursche!

Ob sein Maxe da unten auch so gebaut war?

Ich grinste ihn an.

„Okay, ein Fick sei dir gewährt, wenn du dir schon die Mühe gemacht hast und unwissend erschienen bist."

Er lachte und ging mir sofort an die Brüste. Nach ein paar Sekunden, war es mit meiner Beherrschung so gut wie aus und ich knutschte ihn regelrecht nieder.

„Geiles Luder du! Dir werde ich es geben! Komm her

zu mir und bearbeite meine Wasserschlange! Jaaa! Gut!
Fühlst du wie hart und lang sie ist?"
Ich griff danach und erschrak.
Mein Gott!
Schon wieder so ein Riesending!
Egal!
Hauptsache ich kam!
Und ich kam mehr als das!
Obwohl er sehr vorsichtig war, hatte ich das Gefühl,
dass mir dieser Pimmel zum Hals herausragte. Als er
den Wunsch äußerte, ihm einen zu Blasen, warf ich
das Handtuch.
„Schade! Würdest du mir einen Tittenfick gewähren?"
Ich nickte und verzog mich mit ihm auf die Liege.
Langsam setzte er sich über mich und legte sein Teil
zwischen meine Brüste. Während der Prozedur, die
ihn wohl sehr erregte, keuchte und stöhnte er vor sich
hin. Ein Aufschrei und da sich mein Gesicht in seiner
Schusslinie befand, bekam ich den ganzen Rotz ab. Er
entschuldigte sich, presste meine Beine auseinander
und drang ohne Schwierigkeit, als Entschädigung für
seine Spritzattacke, in mich ein. Ich triefte dort unten
bereits vor Geilheit und wollte mehr. Nach einigen
Stößen, zog er meine Beine auf seine Schultern und
ritt mich fast wund. Es schmatzte und gluckste in der
unteren Gegend. Ich verkrallte mich erst in seine
Haare und dann in seinen Rücken. Das schien den
Kerl über mir noch mehr anzutreiben.
„Oh mein Gott! Ja! Ja! Hör nicht auf! Ich komme!"
„Ich auch!", schrie er und spritzte alles über meinen
Bauch.
Erschöpft sackte er auf mir zusammen, bedankte sich
tausendmal, stieg dann von mir und nahm eine kurze
Dusche.

Im gleichen Augenblick tauchten Torsten und Jeff auf und guckten mehr als verwundert.

Ich versuchte aufzustehen und schaffte es nicht.

„Bis zum nächsten Mal", grüßte meine Riesenschlange und verabschiedete sich winkend.

„Na? Du hast aber schnell Ersatz gefunden und wie ich sehe recht gut bestückten!", gab Jeff von sich.

„Und wie ich sehe, hast du dort unten ein Problem! So rot war deine Bussy noch nie!", kam es von Torsten.

Beide Männer schauten sich an und grinsten.

„Wir haben Abhilfe!", kam es gleichzeitig.

„Idioten! Eiswürfel? Rat von dieser Peggy? Na, da bin ich aber wirklich gespannt! Das Einzige was passieren wird ist, dass meine Schamlippen einfrieren!"

„Abwarten!", erklang es erneut.

Ich deutete nach unten.

„Belehrt mich eines besseren!", stichelte ich.

Torsten eilte in die Gaststube und erschien kurze Zeit später mit einem Kühlbehälter für Sekt. Gefüllt bis an den Rand mit Eiswürfeln.

Ich lachte, was mir im selben Moment verging.

Jeff hielt mich fest und Torsten legte mir einzeln die Eisstücke auf die Muschi. Erst lachte ich und zuckte zurück. Nachdem ich mich daran gewöhnt hatte umso geiler wurde ich. Langsam schmolzen die Stücken, das Wasser lief an meinen Schamlippen herunter und ich hatte das Gefühl, dort geleckt zu werden. Jeff hatte mich inzwischen losgelassen und meine Reaktion auf diese Aktion beobachtet.

„Willst du mehr und noch intensiver!", fragte er.

Ich nickte, er spreizte meine Beine und dann stopfte er mir doch tatsächlich einzelne Eiswürfel in die Vagina. Ich stutzte und hatte dann einen heftigen Wow-Effekt, der mich an den Rand eines Orgasmus brachte. Da im

Innern das Eis zerschmolz und die Würfel aufeinander trafen, hatte ich das eigenartige Gefühl, Liebeskugeln zu tragen. Ich stand eilig auf. Es gluckerte und kleine Rinnsale liefen an meinen Beinen herunter.

„Torsten! Jeff! Oh, dass ist Hammergeil! Ich hatte bereits mehrere Orgasmen und gerade bekomme ich wieder einen! Diese Peggy hatte wirklich Recht! Es kühlt, zur gleichen Zeit befriedigt es und macht sofort wieder geil!", keuchte ich und verkrallte mich in Jeff.

Dieser nickte Torsten zu, der kurz darauf verschwand und dann drängte Jeff mich rückwärts in den Pool.

„So jetzt werde ich es dir anständig besorgen und du wirst um Gnade winseln. Deine Muschi ist jetzt so gut wie betäubt und ich kann richtig loslegen."

„Kannst du überhaupt noch? Du bist schon so oft bei mir gekommen. Pass auf, dass du keinen Eispickel in mir bekommst", hakte ich nach.

„Ja, ich kann noch! Ich habe vor einer halben Stunde eine Viagra zur Sicherheit genommen. Guck nicht so, dass mache ich öfters. Du bist es mir wert!"

Ich schluckte.

Na, diese Nacht konnte dauern!

Jeff zog auch hier alle Register und als ich mehr tot als lebendig war, verschwand er mit mir in den SM-Raum, der bereits von ihm präpariert worden war.

Ich erschrak, blickte ihn ängstlich an und sah dann die verschiedenen Lederpeitschen.

In meinem jetzigen Zustand war ich leichte Beute.

Er grinste, küsste mich lange und legte mich auf dieses Lotterbett.

„Keine Angst! Ich möchte, dass du mir den Hintern mit den Peitschen versohlst. Eine klitzekleine Neigung in diese Richtung habe ich und so bekomme ich auch meinen Schwanz nach dem Genuss von Viagra wieder unter Kontrolle. Sonst renne ich den Rest der Nacht mit einer Latte durch die Gegend. Also?"

Ich nickte.

„Danke! Wie du mich züchtigst überlasse ich dir!"

In eine schöne Situation war ich da geraten.

Was, wenn ich zu arg zuschlug und sichtbare Striemen hinterließ oder er gar blutete?

Zögernd nahm ich eine der Peitschen in die Hand, stand auf, befahl Jeff sich in die Hündchenstellung zu begeben und schlug mehr als zaghaft zu.

Er zuckte leicht zusammen und verlangte von mir ihn härter zu schlagen.

Ich tat es, mit dem Erfolg, ihn wohl heftig erwischt zu haben. Er schrie auf, wand sich und ein roter Striemen wurde sichtbar.

„Härter!", befahl er und reichte eine Peitsche an mich weiter, die an den Enden Knoten hatte.

Ich zögerte.

„Verdammt, Sabrina! Härter! Los, mach! Mir kommt es gleich!", brüllte er mich an.

Ich schlug erneut zu.

Keuchend drehte Jeff sich um und schüttelte mit dem Kopf.

„So wird das nichts! Ich hab immer noch Druck dort unten und wollte dir eigentlich einen weiteren scharfen Ritt ersparen! Entweder du prügelst jetzt auf mich ein, damit es mir kommt, während ich mich befriedige oder du wirst von mir eine weitere Stunde gevögelt So lange dauert das nämlich! Also?"

„Ich kann das nicht! Lieber lasse ich mich von dir bis zur Bewusstlosigkeit und so lange vögeln, bis es bei dir kommt! Soll ich es mit Handbetrieb versuchen?"

„Geht nicht! Habe ich alles schon probiert! Es scheint, als wenn meine Hand und mein Schwanz ein Team in

dieser Sache wären. Du kannst es ja versuchen, aber ich denke, dass wird nichts! Wunder dich nicht, wenn du von mir plötzlich flachgelegt und bestiegen wirst!"
Ich nickte, legte mich aufs Bett, nahm sein pralles Teil in den Mund und lutschte wie eine Irre. Außer, dass er sich in meine Haare verkrallte und mich anfeuerte, passierte nichts. Langsam wurde ich nervös und stellte auf Handbetrieb um. Kein Erfolg! Ich resignierte und setzte mich hoch.
„Jeff?"
„Ja!"
„Besteig mich!", gab ich kurz und bündig von mir.
Er hatte wohl darauf gewartet, stöhnte erleichtert auf und zog mich auf sich.
„Wirst du durchhalten, Sabrina? Ich kann dazwischen nicht aufhören und nur nach Ansage, schnellstens die Stellung wechseln!"
„Ich werde es überleben und nun mach endlich, ich bin spitz wie Nachbars Lumpi! Komische Neigungen hab ihr Kerle manchmal!"
Schnell schob ich mir seinen Schwanz in die Möse und bewegte mich auf und ab, während er stöhnte und mit ordinären Worten um sich warf. Kurz darauf hatte er meine Brüste in Arbeit und nuckelte an den Warzen. Ich verging vor Geilheit und dann erreichten wir zur gleichen Zeit einen Orgasmus. Jeff zog mich fest zu sich herunter, rollte mit mir in die Missionarsstellung und stieß weiter. Ich schrie, bis ich heißer war, denn so etwas hatte ich noch nie extrem erlebt.
Die Zeit verging und er rammelte immer noch wie ein Wilder in und auf mir. Langsam zog er meine Beine auf seine Schultern, griff nach dem Lederkissen neben sich und stopfte es unter meinen Po. So kam er noch tiefer und ich schnappte mehrmals nach Luft, anhand

der mir zugeteilten Intensität durch seinen Schwanz.
„Mein Gott…..bist du….denn noch…..nicht so weit,
dass du abspritz…..ohhhh…en kannst?"
„Ich den…ke es wird…nicht mehr lange dauern!", gab
er stoßend von sich.
Mir kam es schon wieder und ich verkrallte mich zum
wiederholten Mal in seinen Rücken.
Er zischte und verkrampfte sich.
„Verflixt! Kannst du nicht etwas aufpassen! Sicher ist
mein Rücken völlig zerkratzt!"
„Ich kann komplett aufhören und dich hier in deinem
eigenen Saft schmoren lassen! Was meinst du, was ich
hier veranstalte? Morgen früh bin ich mehr als durch
mit der Welt!", gab ich wütend von mir.
Er lachte.
„Ich werde noch zweimal stoßen, dann zieh ich ihn so
schnell es geht raus und du gehst in die Doggystellung.
Achtung! Eins! Zwei! Jetzt!"
Er entzog sich mir, ich drehte mich und schon steckte
er wieder. Ich reckte mich ihm entgegen und stöhnte
im Takt der Stöße weiter.
„Gut so, ich merke, dass ich runterkomme! Beug dich
noch etwas weiter nach vorne und umklammere ihn
mit deinen Schamlippen! Ja! Gut! So rutscht er nicht
heraus! Du bist unwahrscheinlich feucht dort unten!"
Stöhnend bearbeitete er mich und verkrallte sich in
meine Hüften. Ich wand mich und hoffte, dass es ihm
endlich kam. Meine Fresse! So eine blödsinnige Idee
Viagra zu schlucken um den Tussen hier im Club zu
imponieren.
„Sabrina, mir kommt es gleich! Ich merke es bereits
und dann bist du erlöst! Ich danke dir!"
Wurde ja auch Zeit, dachte ich bei mir und entspannte
mich. Meine Beine und Arme zitterten bereits und ich

wusste nicht, wie lange ich das noch aushielt. Nur war das mit dem Kommen so eine Sache. Es kam nichts! Zumindest nicht ihm! Mir allerdings dauerhaft, dass es bereits wehtat.

„Jeff! Ich kann nicht mehr und es schmerzt mir schon alles! Wann kommt es endlich?", fragte ich entnervt.

„Es dauert sicher nicht mehr lange! In den nächsten zehn Minuten! So ist es immer! Ich habe schon auf die Uhr geschaut! Wir treiben es jetzt seit einer Stunde!"

„Tolle Sache! Nächstes Mal schick ich dir Josi! Die ist Nymphomanin und wäre froh gewesen, es so besorgt zu bekommen. Ich komme schon wieder! Ohhh mein Gott", schrie ich.

„Noch einmal Stellungswechsel! Wie? Du darfst es dir aussuchen!"

„Reiterstellung!"

„Okay auf drei! Eins, zwei, drei! Jetzt!"

Jeff zog ihn heraus, schubste mich regelrecht zur Seite, legte sich hin und ich schwang mich erneut auf ihn.

„Schnell, wenn du noch etwas davon haben möchtest! Es ist gleich soweit!", schrie er und drückte mich mit Gewalt nach unten, dass er bis zum Anschlag in mir versank.

Ich verkrallte mich in seinen Brustkasten.

„Boahhhhh! Sabrinaaaaaaa! Miststück! Du sollst mich ficken und nicht kratzen! Jetzt mach!", wütend riss er meine Hände weg und stieß von unten nach oben.

Ich konnte nicht mehr, verfiel in Bewegungen, die der Zeitlupe glichen und hatte Erfolg.

„So ist es gut! Ich komme! Weiter so! Jaaaaaaa!", schrie Jeff und dann spritzte er endlich ab.

Ein paar Mal bäumte und zuckte sein Teil noch in mir auf und dann herrschte Ruhe.

Entspannt blickte er mir in die Augen und zog meinen

Kopf an sein Gesicht.

„Ich danke dir! Geht es dir gut? Hast du Schmerzen?"

„Frag lieber nicht! Fix und alle bin ich! Mir schwirrt der Kopf und ich habe Bedenken, wenn ich von dir absteige, dass dein Ding mit abfällt. Hast du denn nach diesem Ritt, keine Probleme da unten?"

Er lacht und küsste mich.

„Im Augenblick geht es ihm noch gut. Würdest du ganz vorsichtig von ihm steigen?", bat er mich.

Ich nickte und zog mich zurück.

Jeff stöhnte auf, als ich ihn aus meiner Möse entließ und setzte sich hoch.

„Mein lieber Schwan! Noch einmal werde ich das mit Sicherheit nicht durchziehen. So schlimm war es noch nie. Es ist jetzt kurz nach vierundzwanzig Uhr. Willst du hier schlafen oder mit zu mir nachhause", wollte er wissen und stand auf.

„Ich geh duschen und halte nach Torsten Ausschau. Er ist heute mein Fahrer. Sobald ich ihn gefunden habe, gebe ich dir Bescheid, wie wir verblieben sind."

Jeff nickte und verschwand ebenfalls.

Meine Nerven!

Ich hatte heute, den ultimativ geilsten und schärften Sex in meinem ganzen Leben. Unten schmerzte zwar alles, aber dafür war ich anständig entschädigt worden. Grinsend stand ich auf und watschelte breitbeinig zur Tür. Draußen schnappte ich mir eines der Badelaken, schlang es um mich und blickte in jeden der Räume in der Hoffnung Torsten zu sehen.

Nichts!

Sicher war er im Gastraum.

Ich eilte zurück und verschwand nach unten.

Kaum hatte ich die Tür geöffnet, ertönte ein Schrei.

„Na endlich! Sabrina! Wir dachten schon, wir müssen

den Notdienst holen! Bei euch ging es ja wieder heftig zur Sache! Überhören konnte man euch nicht und ein paar Pärchen waren schon sauer, weil ihr den Raum so lange blockiert habt!", scholl es mir entgegen.

„Celine! Mein Gott! Schön dich zu sehen! Wie geht es dir?"

Kreischend rannte ich auf sie zu und umarmte sie.

Josi, Sven und Torsten grinsten mich an.

„Torsten! Dich habe ich gesucht! Wollen wir heute noch nachhause oder lieber hier übernachten?"

„Ich würde gerne hier bleiben, schon wegen Celine. Es hat zwischen uns beiden gefunkt", gab er von sich.

Ich lachte.

„Glückwunsch und das kommt mir sogar sehr gelegen. Jeff möchte entweder zu sich oder hier nächtigen. Ich denke aber, dass wir besser hier bleiben, da er etwas zu stark alkoholisiert ist! Olga, wir bleiben alle über Nacht und schlafen uns aus."

„Gerne! Ich richte das Frühstück morgen auf elf Uhr. Ist das okay für euch?"

Wir nickten einstimmig.

„Ich geh auf die Suche nach Jeff! Wird sicher noch ein schöner Abend für uns alle! Bis gleich!"

Da Jeff duschen wollte, wusste ich wo er war und machte mich auf den Weg dorthin.

Mir fielen bald die Augen aus den Höhlen, als ich ihn gemeinsam mit einer Anderen sah. Sie duschte ihm sein bestes Stück ab, das sie gründlich eingeseift hatte und er griff ihr frech zwischen die Beine. Quietschend machte sie einen Satz nach vorne, wobei ihr die Seife aus den Händen glitt und zu Boden fiel. Jeff entfernte grinsend den Schaum von seinem besten Stück und hieb ihr ungeniert auf den verlängerten Rücken.

Sie giggelte, bückte sich breitbeinig und reckte ihm

dann schamlos den Hintern entgegen.

„Nun fick mich schon! Schnell, bevor mein Mann hier auftaucht!", forderte sie ihn auf.

Er zögerte.

Sie griff nach seinem Pimmel und bearbeitete ihn.

Gespannt wartete ich nun ab, was geschah und siehe da, sein Teil schnellte wie eine Eins in die Höhe.

Stöhnend griff er nach ihr und drehte sie um.

„Bück dich!", dann versenkte er ihn in die Möse dieser Schlampe.

Mir beschlich der Verdacht, dass er erneut eine Viagra zu sich genommen hatte, um weitervögeln zu können. So lief das also bei ihm ab. Aufgebockt hing dieses Weib nun an ihm und kreischte und schrie wie eine Irre. Jeff stöhnte und dann kam es ihm. Zweimal stieß er noch zu und zog sich dann aus ihr zurück.

Ich hatte genug!

Schluckend wandte ich mich zum Gehen.

Aus dem Augenwinkel bemerkte ich, wie er in meine Richtung sah.

„Sabrina! So warte doch! Ich kann alles erklären!", rief er hinter mir her.

Ich stürmte in die Gaststube, bat Olga mir ein Taxi zu holen und antwortete auf Nachfrage der anderen, dass Jeff bereits Ersatz gefunden hatte. Da erschien er und schaute mich an.

„Sabrina ich….", fing er an.

„Halt die Klappe, Jeff! Der Jeff! Wie ich sehe, hast du Ersatz für mich gefunden und aus unserem zusammen nachhause gehen wird wohl nichts, obwohl wir alle die Nacht hier verbringen wollten. Nimm deine Kreischi mit und besorge es ihr kräftig. Sie kann dir dann sicher helfen, von deinem Viagratrip runterzukommen! Ich bin aus dieser Nummer raus! Torsten würdest du mir bitte meine Kleidung aus dem Auto holen? So kann ich in kein Taxi einsteigen!", fragte ich.

Er nickte, verschwand kurz und kam mit allem zurück.

„Danke und ich wünsche noch viel Spaß!"

Enttäuscht eilte ich zu den Duschen, sammelte dort meine Unterwäsche ein und sah, wie sich Jeffs Neue bereits mit dem Nächsten vergnügte. Ich drehte mich um, stieß mit Jeff zusammen, der mir nachgefolgt war und das Schauspiel auch verfolgte.

„Und? War es das jetzt wert?", hakte ich nach und verschwand auf die Toilette um mich anzuziehen.

Kurz darauf klopfte es an die Tür.

„Dein Taxi ist da!", rief Olga.

„Komme sofort!", gab ich zurück und eilte schnell in die Gaststube.

„Guts Nächtle! Macht es gut und bleibt anständig! Josi ich rufe dich im Laufe des heutigen Tages an. Celine mache bitte einen Termin aus, wann und wo wir uns auf einen Plausch treffen können! Torsten dir danke ich, dass du mich heute begleitet und unterstützt hast. Ich werde mich bei dir erkenntlich zeigen!"

Er lachte.

„Nicht nötig, Sabrina! Wir sind quitt!"

Ich winkte noch einmal in die Runde, Olga schloss die Tür auf und ich verschwand schnell ins Taxi. Dem Fahrer nannte ich meine Adresse und schon fuhren wir los.

Kaum waren wir ums Eck verschwunden, brach ich in Tränen aus und beruhigte mich erst wieder, als wir vor meiner Haustür hielten.

Ich dankte dem Fahrer, gab ein ordentliches Trinkgeld und verschwand in meine Wohnung.

Nachdem ich ausgiebig geduscht hatte, ging es mir ein kleines bisschen besser. Nachdenklich legte ich mich aufs Bett, fragte innerlich, ob es an mir lag, dass ich so ein Pech mit den Kerlen hatte und kam wieder zu der Erkenntnis, dass Männer nur schwanzgesteuert waren.

Die Vorgeschichte zu Celine, die hier mit übergeht,
erhält man unter *„Celines Geschichte"*

FSC
www.fsc.org
MIX
Papier aus verantwortungsvollen Quellen
Paper from responsible sources
FSC® C105338